입맛대로
연애할 순
없을까

입맛대로 연애할 순 없을까

여성욱

책을 펴내며

20대 때에는 제가 미식가라고 생각했었는데 30대가 되고 나서 제가 미식가가 아닌 탐식가라는 걸 깨달았습니다. 어떤 음식을 먹었을 때 이 음식이 어떤 재료로 어떤 과정을 거쳐서 조리되었는지 잘 모릅니다. 심지어 이 음식이 객관적으로 맛이 있는 건지 맛이 없는 건지도 잘 구별 하지 못하기도 합니다. 그러니 당연히 미식가는 아니겠죠.

저는 미식가처럼 맛있는 음식을 즐긴다기보다는 탐식가처럼 '음식'을 먹는다는 행위 자체를 즐깁니다. 정확히는 맛있는 음식의 맛을 음미하는 게 아니라 음식을 먹으며 여러 가지 감각이 자극되고 또 여러 가지 자극에 의해 샘솟는 여러 가지 생각들을 즐깁니다.

지인들은 고기를 헹군 물에 면을 말아 먹는 것 같다고 말하는 평양냉면을 먹으며 육수에 은은하게 베어있는 육향을 느끼며 신기해하고, 남들은 그걸 왜 먹으려고 하냐고 기겁하는 소의 생 등골을 입맛에 맞지도 않으면서, "어떤 사람들은 이걸 맛있다고 먹는데 분명 뭔가 이유가 있을 거야!"라는 생각을 하며 억지로 입맛을 맞춰보려고도 합니다.

저의 이런 괴상한 탐식가적 취향은 음식을 먹는다는 것 외에도 제 삶의 거의 대부분에 적용이 되고 연애에도 마찬가지로 적용이 됩니다.

많은 사람들은 연애를 하며 서로 배려하고 노력하고 희생하며 맞춰가는 연애를 최고로 치고 그런 연애를 할 수 있는 방법과 사람을 찾지만 저는 그냥 연애한다는 자체를 즐깁니다.

상대가 내 상식에 어긋나는 행동을 하면 "저렇게 생각할 수도 있구나?"라며 놀라워하고, 상대와 트러블이 있을 땐 "음…. 그러면 요렇게 한번 해볼까?"라며 탐구심을 불태우기도 합니다.

쉽게 말하자면 "이거 엄청 맛있네?" 혹은 "이걸 음식이라고 만든 거야?"가 아니라 "이건 이런 맛이

나네?" 하는 식이죠. (물론 위생에 문제가 있어서 탈이 날 정도라면 그건 곤란하다고 생각합니다.)

음식이든 연애든 제가 추구하는 탐식가적 태도가 절대적 진리라고 생각하진 않습니다. 다만 좋은 것을 즐기고자 하는 마음에서 다양한 것을 즐기고자 하는 마음으로 방향을 틀어보면 확실히 좀 더 많은 것을 느끼고 즐길 수 있고 무엇보다 스트레스가 훨씬 덜하다는 게 저의 생각입니다.

물론 모든 분들이 저처럼 괴상한 취향을 즐길 수는 없겠지만 음식이든 연애든 가끔 내 취향에 맞지 않는다고 느낄 때, 습관적으로 '안 좋은 것'으로 치부하기 전에 '이건 어떤 매력이 있을까?'라고 생각을 해보는 건 어떨까요? 어쩌면 이 작은 관점의 변화가 본인에게 새로운 즐거움을 선물할지도 모릅니다.

차례

PART 1

그렇게 당신과 내가 만났다

어장관리는 짜장면 논쟁이다

지난 일요일 전날의 숙취로 방바닥을 기어 다니다가 만들어먹기도 귀찮아서 짜장면 세트를 주문했다. 달콤 짭짤한 짜장면을 한입 후루룩 흡입하고 엄지와 검지를 사용해서 탕수육을 집어 들어 달큰한 소스에 푹 찍어 먹고 나면 입안에 살짝 느끼함이 남는데 이땐 펩시콜라 한 모금이면 완벽하게 마무리가 된다. (이때 남은 탕수육은 저녁 술안주가 된다.)

그렇게 해장을 하고 누워서 입 안에 남은 짜장면의 맛을 음미하고 있을 즈음 문득 2000년대 후반에 있었던 짜장면과 자장면 논쟁이 떠올랐다. 나는 소싯적부터 짜장면이라고 알고 지냈는데 알고 보니 짜장면은 표준어가 아니고 자장면이 표준어라는 거다.

이 별것 아닌 논쟁은 당시 SBS에서 다큐멘터리를 만들 정도로 뜨거운 감자로 급부상했었는데, 당시 지인들 사이에도 짜장면이 짜장면이지 자장면이 뭐야.라는 녀석들과 나도 짜장면인 줄 알았지만 표준어가 자장면이라니 그것을 따르는 게 옳다는 녀석들로 나뉘어 쓸데없는 논쟁이 끊이질 않았다.

결국 수많은 논쟁 끝에 이제 짜장면도 복수 표준어로 인정이 되어 논란이 끝이 나긴 했는데 사실 돌이켜 생각해보면 정말 이렇게 생산성 없는 논쟁은 아마 다시는 없을 듯하다. 짜장면이든 자장면이든 무엇이면 어떠한가? 결국, 맛있으면 그만 아닌가?

그런데 가만히 생각해보면 연애에서도 자장면과 짜장면의 논쟁 같은 무의미하고 비생산적인 논쟁이 있으니 그것은 바로 썸과 어장관리의 구분이다.

많은 사람들은 내게 묻는다. 어떤 사람과 요새 자주 연락을 주고받고 저번에는 영화도 보고 술도 한잔하기도 했는데 이게 무슨 관계냐는 거다. 혹시 썸이 아니라 상대에게 어장관리를 당하고 있는 것 아니냐는 건데.

그러면 나는 묻는다. 썸이면 어떻고 어장관리면 또 어떻냐고 둘 다 어차피 상대가 나쁘지는 않지만 당장 고백하고 사귀기는 좀 뭐한 관계일 뿐 아니냐고 말이다. 대게 나의 이런 말을 들으면 상대방은 마치 신성모독이라도 한 것마냥 내게 열변을 토한다.

"사귈 마음도 없으면서 어장관리하는 건 사람을 가지고 노는 것 아닌가요?"

그러면 나는 살짝 지친 기색을 보이며 말한다.

"사람을 가지고 놀아요? 어떻게요? 상대가 본인에

게 잘해주면서 돈 좀 빌려달라던가요? 아니면 자기 대신 집 청소 좀 해달라고 해요? 그리고 사람을 가지고 놀아봤어요? 어떻게 가지고 노는 건데요? 그렇게 하면 재미있어요? 전혀 마음도 없는데 상대를 가지고 놀기 위해서 아까운 시간쓰고 만나는 데 돈도 쓰고. 난 그럴 거면 그냥 집에서 잠이나 잘 것 같은데."

사실 어장관리를 당하는 건 아닌지 불안해하는 사람의 입장에서는 조금 불편한 말이 되겠지만 사실이 그렇지 않은가? 썸이든 어장관리든 용어만 다르지 결국은 애매한 사람과 적당한 거리를 두고 호감을 주고받는 것일 뿐이다. 이게 무슨 문제일까?

차분히 생각해보자. 당신이 처한 상황이 어장관리라 쳐보자. (어장관리 당한 사람은 많은데 이상하게 자기가 어장관리를 해서 이득 봤다는 사람은 왜 없을까?) 그 관계를 통해 당신이 손해를 보는 것은 무엇이며 상대가 이득을 얻는 것은 무엇인가? 정말 그런 게 있긴 한가?

당신이 어장관리를 당하는 것 같다며 불쾌한 기분이 드는 건 결코 애매한 상대방의 행동 때문이 아니다. 이왕이면 상대를 내 것으로 만들고 싶은데 그게 잘 안되니까 속이 상하고 짜증이 나는 것일 뿐이다. 게임을 하다가 자꾸 같은 스테이지에서 죽어버려서 짜증 나는 거랑 비슷하게 말이다.

짜장면이든 자장면이든 맛있으면 그만인 것처럼, 썸이든 어장관리든 결국엔 당신이 그 관계에서 나름의 즐거움을 찾으면 그만이다. 그 관계가 즐겁지 않다면? 짜장면이든 자장면이든 맛이 없으면 앞으로 시키지 않으면 그만이고 썸이든 어장관리든 즐겁지 않다면 괜한 논쟁으로 스트레스받지 말고 관계를 끊어버리면 그만이지 않을까?

평양냉면과 꼰대 같은 연애 스타일

혹시 지인들과의 자리에서 "다음에 평양냉면 먹으러 갈 사람?"이란 이야길 해본 적이 있는지. 대충 5~7인 사이의 모임에서 평양냉면 이야길 꺼내면 그 자리는 즉시 전쟁터가 된다. "고기 씻은 물에 면 말아 먹는 게 뭐가 그렇게 맛있냐?"라는 다수와 "니들 입맛이 저렴해서 모르는 거야."의 소수의 대립은 한동안 식을 줄을 모른다.

평양냉면을 좋아하지 않는 다수는 그냥 "난 별로." 하면 그만인 것을 평양냉면파를 겉멋 든 허세쟁이로 매도하고, 평양냉면파들은 "그치? 좀 밍숭맹숭하지?" 하고 좋아하는 사람들끼리 즐기면 그만인 것을 싫다는 사람들을 죄다 저렴한 입맛으로 매도한다. 평양냉면이 뭐라고.

평양냉면은 평양냉면일 뿐이다. 이 세상 최고의 음식도 아니고, 그렇다고 평양냉면을 좋아한다고 미슐랭 심사위원 급의 미식가가 되는 것도 아니고 말이다. 누구나 각자의 취향이 있으니 그것을 존중해주면 될 것을 우리는 꼭 나 이외의 사람들의 취향에 간섭하는 꼰대 짓을 해야 직성이 풀린다.

연애도 마찬가지다. "연락이 줄어들면 그건 사랑이 식은 거야."라며 상대를 죄인 취급하는 사람, "남녀 사이에 친구가 어디 있어?"라며 상대의 인간관계를 아무렇지 않게 재단하려고 하는 사람, "사랑하면 맞춰줘야 하는 거 아냐?"라며 사랑을 핑계로 상대를 내 입맛대로 조종하려는 사람 등등. 우리 주위엔 자기의 입맛이 답이라는 식의 꼰대들이 너무 많다.

사실 남 손가락질할 것도 없다. 가만히 돌이켜보면 자기 스스로도 나름의 기준을 가지고 타인을 평가하고 때로는 내 입맛에 맞추려고 억지를 부리기도 했을 테니 말이다.

당신의 입맛이 있듯, 상대에게도 입맛이 있는 거다. 특히나 둘이서 하는 연애라면 상대가 아무리 특수한 입맛을 가졌다 한들 그는 소수가 아니라 당신과의 연애 관계에 있어서 엄연히 절반을 차지하는 사람이라는 걸 명심하자.

그러니 억지로 맞추라는 건 아니다. 당신이 다른 사람의 입맛에 억지로 맞출 필요 없듯, 상대도 그런 것일 뿐이며 내가 사랑하는 사람의 입맛이 그렇다면 한 번쯤 "대체 이게 뭔 맛이길래?" 하는 호기심을 가지고 상대의 입장을 음미해보자는 거다. 당신이 비정상적인 사람을 고른 것이 아니라면 상대의 행동에는 나름의 합당한 이유가 있을 테니 말이다.

나쁜 남자

동네 마실을 나갔다가 우연히 보게 된 현수막에 쓰인 네 글자에 심장이 떨렸다. 평양냉면 불모지인 우리 동네에도 드디어 평양냉면집이 상륙한 것인가? 벼르고 벼르다 날을 잡아 달려갔다.

그런데 뭔가 불안하다. 분명 현수막에는 커다랗게 평양냉면이라고 써놨는데, 가게는 누가 봐도 그냥 고깃집이다. 뭔가 불안했지만 일단 자리에 앉아 평양냉면을 시켰다.

정말 음식이 나오기까지 이토록 간절한 마음인 적은 처음이었던 것 같다. 나름의 고명, 적당한 살얼음이 올라가 있는 육수, 그럴듯한 그릇, 보기엔 나쁘지 않지만 젓가락으로 면을 집어 올리는 순간 "아 속았구나." 이건 평양냉면이 아니었다. 그냥 일반 냉면. 정확히는 동네 마트에 가면 한 봉에 500~1,000원 하는 냉면 육수를 적당히 얼려서 낸 냉면이다.

그나마 신경을 썼다면 고명에 조금 더 신경을 쓰고 수박껍질을 설탕에 절여 나름의 차별화를 둔 것 같지만 누가 봐도 이건 평양냉면이 아니라 그냥 육쌈냉면, 아니, 분식집 냉면이다. 갑자기 분노가 치밀어 올랐다. (정말 뭘 먹으며 화가 난 건 처음이다.) 아니, 대문짝만하게 평양냉면이라 써놓고 이게 무슨 손님을 기만하는 행동이란 말인가. 심지어 이걸 8,000원 씩이나 받고 팔다니.

배는 고프고, 이왕 시킨 것이니 입에 가짜 평양냉면을 욱여넣으며 씩씩대고 있었는데 문득 이런 생각이 들었다. "사실 나는 이 냉면이 평양냉면이 아니라는 걸 이미 알고 있지 않았을까?" 평양냉면 불모지인 이곳에 뜬금없는 평양냉면 광고, 대놓고 고깃집 간판, 평양냉면이라기에는 터무니없이 낮은 가격, 나 이외에는 모두 고기만을 먹고 있는 풍경, 따져보면 평양냉면 현수막을 제외한 모든 것들은 이곳에서 파는 냉면이 평양냉면이 아니라는 걸 강력하게 말해주고 있었다.

다만 평양냉면을 애타게 원하는 내가 다른 모든 증거들을 무시하고 오로지 현수막 하나에 의존하며 이 곳에서 파는 냉면이 평양냉면이길 바랐었던 거다. 그렇게 생각하니 분노는 가라앉고 입가에 씁쓸한 미소가 번진다. "평양냉면에 눈이 멀어 남들은 다 보는 것을 나는 보지 못했구나."

가끔 나쁜 남자에 대한 이야기를 듣곤 한다. 처음엔 몰랐는데 유부남이었다거나, 진심이라고 다가와서 믿었는데 며칠 지나지 않아 연락 두절이었다거나, 알고 보니 양다리도 아니고 문어 다리였다거나. 그러면서 자신을 감쪽같이 속인 나쁜 남자를 비난하고 분노에 몸서리를 친다.

물론, 기본적으로는 상대를 기만한 쪽이 비난을 받는 게 마땅하다. 평양냉면이라 써놓고 분식집 냉면을 팔았으면 욕먹어도 싸다! 하지만 나 자신의 행동도 한번쯤 생각해 볼 필요는 있다. 혹시 나는 욕심에 눈이 멀어 여러 증표들을 애써 무시해왔던 건 아닐까?

가만히 들어보면 총각행세를 했던 유부남은 이미 주변에서는 유부남인 걸 다 알고 있었던 경우가 많고, 진심을 강조하며 다가왔던 남자를 만난 경로는 클럽이나 어플인 경우가 많았고, 문어다리를 걸친 남자는 사귀기 전부터 지인들 사이에서 평판이 좋지 않았던 경우가 많았다.

다시 말하지만, 대중의 지탄을 받아야 하는 건 의도적으로 상대를 기만하려 한쪽이어야 한다. 하지만 개인적으로는 자신이 욕망에 눈이 멀어 여러 증표를 무시해왔다는 것을 자각하는 것 또한 충분한 의미가 있는 일이 아닐까?

연애하며 굳이 비난할 필요가 있을까?

월요일이고, 밤이고, 비가 오니 오늘은 라멘을 먹기로 했다. 처음엔 귀찮으니 한양대 쪽에서 대충 먹을까도 했지만 이왕 먹기로 한 거 제대로 먹어볼 요량으로 이태원으로 향했다. 이곳이야 원래 줄서기로 유명한 곳이라 예상은 했지만, 월요일 그것도 자정을 바라보는 시간임에도 가게 앞에는 대여섯 명의 사람들이 라멘 한 그릇을 먹겠다고 줄을 길게 서 있었다.

순간 이럴 바에는 그냥 수제버거로 선회할까도 싶었지만 나의 혀와 위장은 이미 이 집의 돈코츠라멘에 세팅이 된 상태라 어쩔 수 없이 기차놀이에 합류했다. 그런데 통유리 너머 가게 안의 분위기가 뭔가 이상했다. 빈자리는 많은데 사람을 더 받지는 않고, 자리에 있는 사람의 표정은 심각하고 심히 불쾌해 보였다.

빨리 들어가서 앉고 싶은 부러움과 대체 무슨 일이지 싶은 호기심이 발동하여 멍하니 가게 안을 바라보고 있었는데 불쾌한 표정으로 앉아 있던 사람이 앞에 사람에게 대놓고 "맛없어, 먹기 싫어."라고 얘길 하는 게 아닌가. 최고 맛집은 아니더라도 그래도 저렇게 말할 정도는 아닌데 뭐가 어떻게 맛이 없다는 건지, 그리고 맛이 없으면 혹은 뭔가 잘못되었다면 제대로 컴플레인을 걸고 음식을 새로 받거나 아니면 음식값을 계산하지 않는 걸로 합의를 보면 되지 않을까? 따위의 생각을 20여 분쯤 하다 보니 어느새 나에게도 라멘집에 입장할 수 있는 영광의 차례가 돌아왔다.

가게 안의 분위기와 정황상 보아하니 확실히 음식에 뭔가 문제가 있었던 것 같았다. 육수가 너무 짜든, 면이 덜 익었든. 확실히 뭔지는 몰라도 가게 안에 있던 손님들 사이에선 확실히 분위기가 좋지 않았지만 대부분의 경우에는 서비스 음료를 받고 멋쩍게 웃으며 식사를 마쳤다. 두어 번 젓가락을 대고 인상을 쓰고 앉아 있던 그분은 계산을 하며 조그마한 목소리로 "하나는 도저히 못 먹겠어서요, 손도 안 댔어요." 라며 어색한 미소를 남기고 가게를 나섰다.

주관적으로 그 집 라멘은 맛있다. 그리고 그날 먹은 라멘도 맛있었다. 진하지만 부담스럽지 않은 육수와 불맛이 나는 부드럽고 두꺼운 차슈, 알싸한 맛의 파채. 굳이 단점을 하나 꼽으라면 육수가 좀 짜다고 느낄 수 있는 건데, 이건 이집을 검색해보면 공통된 평이니 조리의 실수라기보다는 이집의 특색이라고 보는 게 맞을 것 같다.

그래도 분명 음식에 어떤 문제가 있었을 거다. 불쾌한 표정으로 마지막까지 자리를 지킨 그분 외에도 다른 분들의 표정도 조금은 불편한 걸 보니 말이다. 다만 다른 사람들은 깨끗이 그릇을 비우진 않아도 얼추 식사를 하고 금방 일어났는데 마지막까지 불쾌한 표정을 하고 앉아 있다가 나갈 필요가 있었을까?

어차피 먹기 힘들었다면 굳이 자리를 지키기보다 서비스 음료를 내오는 종업원에게 양해를 구하고 일어나 불쾌한 기분을 잊게 해줄 다른 맛집을 찾아 여정을 시작하는 편이 서로에게 좀 더 좋았을 텐데. (친했다면 내가 잘 아는 설렁탕집 주소를 찍어줬을 텐데.)

내가 어떤 상황에서 불편을 겪고 불쾌한 감정을 느꼈을 때 무조건 참는 것이 미덕은 아니다. 상대가 정말 모르고 그러는 것이라도 상대도 남에게 불편을 줬다는 걸 알 필요도 있으니 말이다. 다만 상대가 의도한 것이 아니거나 나의 오해일 수도 있으니 최대한 표현에 신경을 써서 나의 불편과 불쾌함을 전달해야 하지 않을까?

그리고 불편함을 느꼈다면 나의 빠른 선택이 필요하다. 상대와 대화를 통해 적당한 합의점을 찾든 아니면 상대에게 나의 입장을 이야기하고 양해를 구하고 자리에서 일어나든 말이다.

연인에게 분노를 쏟아내고 비난을 하는 사람들의 말을 들어보면 다들 나름의 이유가 있다. 상대가 예전보다 소홀해졌다든지, 약속을 지키지 않았다든지, 다른 이성과의 은밀한 관계가 있었다든지 등등. 확실히 어떤 문제가 있기에 며칠 전까지 사랑을 속삭였던 사람에게 분노가 가득 찬 비난을 쏟아내는 것일 거다.

다만, 안타까운 건 상대에게 비난을 쏟아내는 사람들에겐 그럴만한 이유는 있지만 상대의 입장을 생각해볼 여유와, 이 상황에서 어떤 선택을 해야 할지에 대한 고민이 없다는 거다.

앞서 말했듯 불편하고 불쾌한데 무조건 참고 버텨야 하는 건 아니다. 다만, 상대에게도 나름의 입장이 있을 테니 그 이야길 들어봐야 할 것이고, 그 이야기를 듣고 해야 하는 건 막연한 분노를 쏟아내는 것이 아니라 이 상황에서 내가 어떤 선택을 할지에 대한 고민을 한 후 행동을 해야 하지 않을까?

예전보다 소홀해진 연인에게 불만이라면 일단 상

대의 이야기도 들어보고 그래도 납득이 안 된다면 스스로 소홀해진 연인과 연애를 계속할지, 아니면 나 또한 연애 이외의 것에 열정을 쏟아볼지, 그것도 아니라면 헤어질지를 고민해보고 빠른 선택을 한 후 그 선택에 맞는 행동을 하는 게 서로에게 좋은 일이 아닐까?

물론 빠른 선택이라는 게 어렵겠지만, 나라면 누가 봐도 불만 가득한 얼굴을 하고 무거운 분위기를 내뿜으며 가만히 앉아 있기보단 "일단은 계속 먹어보다 아니면 그때 일어나자." 하고 경쾌하게 후루룩후루룩 면발을 흡입할 것 같은데.

우리는 연인의 매력을 제대로 알고 있을까?

친구와의 약속 시각보다 한 시간이나 먼저 도착한 가로수길. 본격적으로 불금을 달리기 전에 속이라도 좀 든든히 할 겸 괜찮은 맛집을 찾아 어슬렁거리던 내게 수요미식회와 생활의 달인에 소개되었다는 라멘집이 눈에 들어왔다.

이게 무슨 횡재인가 싶어 따지지 않고 들어갔는데 첫인상은 영 좋지 않았다. 뭔가 살짝 모자란 인테리어와 다소 한산한 가게 분위기는 맛집의 그것이 아니었다. 그러다 보니 메뉴를 고르는 데에도 그다지 신중을 기할 필요를 못 느끼고 가장 기본 라멘을 시켰다.

역시는 역시였을까? 실망까지는 아니었지만 너무 평범한 돈코츠라멘이었다. 특이한 점을 꼽으라면 차슈가 불맛이 감도는 삼겹살 구이 같았다는 점. 그마저도 특이하긴 했지만 좋은 느낌은 아니었다.

뭔가 서운한 마음을 안고 낙엽이 지는 가로수길을 거닐다가 친구를 만났다. 닭복음탕에 소맥을 즐기며 서로 근래 가봤었던 맛집에 대해 이야길 하다(대체 왜 음식을 먹으며 음식 얘길 하는 걸까?) 라멘집 이야기가 나왔다. 돈코츠라멘을 먹어봤는데 그저 그랬다는 나의 말에 친구 녀석은 한심하다는 듯 내게 말했다. "야, 거기 츠케멘 맛집이야!"

아 그래서 다른 테이블 사람들이 거의 츠케멘을 먹고 있었구나? 라멘집이면 당연히 돈코츠라멘이 간판일 거라 생각하며 츠케멘 맛집에 가서 애먼 돈코츠라멘을 먹고 실망을 해버리다니! 광고 배너나 메뉴판만 잘 봤어도! 하다못해 직원에게 물어만 봤어도 좋았을 것을! 이 얼마나 바보 같은 일인가?

우리는 왜 연애를 하며 상대에게 "당신은 어떤 매력에 가장 자신 있나요?"라고 묻질 않는 걸까? 돈코츠라멘은 그저 그래도 츠케멘은 엄지척인 라멘집이 있는 것처럼, 자상하지는 않아도 책임감이 대단한 사람이 있고, 외모는 평범하지만 타의 추종을 불허하는 애교로 무장한 사람도 있다.

그러니 상대에게 어떤 매력에 가장 자신 있는지를 묻고 상대가 가장 자신 있어 하는 매력을 중점으로 상대를 바라봐야 하지 않을까? 무뚝뚝하지만 강한 책임감이 매력인 사람에게 "자상하지가 않아서 영…"이라고 생각하거나 외모는 평범하지만 귀여운 애교가 매력인 사람에게 "외모가 흔한 편이네."라고 말하는 건 분명 문제가 있다. 상대가 당신에게 무뚝뚝한 사람이 당신에게 "난 자상해!"라고 말하거나 평범한 외모를 가진 사람이 당신에게 “난 예뻐!”라고 말한 것도 아닌데 말이다.

막연히 상대의 장점을 보려고 노력하자는 것과는 조금 결이 다른 말이다. 나의 시각에서 상대의 장단점을 평가하지 말고 상대에게 자신 있는 것이 무엇이냐고 물어보고 상대가 자신 있어 하는 매력에 집중해보자는 거다. 그러니 오늘부터는 마음에 드는 사람 혹은 연인이 있다면 물어보자. 처음 가보는 식당에서 직원분에게 “어떤 게 제일 맛있어요?”라고 물어보듯 “자기는 어떤 매력에 가장 자신 있어?”라고 말이다. 어쩌면 당신이 몰랐던 상대의 매력 포인트를 새로 발견하게 될지도 모를 일이다.

혼자만의 시간이 필요하다는 남자들에게

정말 어렵게 합정동의 ㄷ평양냉면집을 방문했다. 다행히 브레이크 타임이 막 끝난 시간이어서 웨이팅 없이 자리를 잡을 수 있었는데 평양냉면이 테이블 위에 올라오자마자 난 행복감에 젖었다.

뽀얀 듯 투명한 영롱한 때깔의 육수는 잔뜩 육향을 머금은 듯했고, 면발은 탱탱한 우동 면발의 식감을 가진 듯 보였다. 솔직히 편육을 포함한 고명은 다소 아쉬웠지만 가격이나 다른 평양냉면집을 생각해 본다면 큰 문제라고 볼 수는 없었다.

혹시나 노른자가 육수의 맛을 흐릴 수 있으니 먼저 계란을 입에 넣고 그릇째 들고 벌컥벌컥 육수를 마셔본다. 처음엔 아무 맛도 안 나고 그저 시원한 느낌뿐이지만 숨을 천천히 내쉬면 보이지 않던 육향이 입 안 가득 퍼진다.

이후 면발을 조심스레 육수에 풀고 입 안 가득 밀어 넣고 씹으면 메밀향이 나야 하는데 여긴 좀 밀가루향이 난다. 다소 아쉽지만 이곳만의 방식이라 생각하면 아주 이해 못할 정도는 아니다.

문제는 고명인데 절임 무, 배 조각, 오이, 편육 구성은 스탠다드지만 양도 그렇고 뭔가 아쉽다고 생각하며 편육을 한입 베어 물었는데 이럴 수가. 마치 육수의 육향이 오로지 이 조그마한 편육에서 흘러나왔나 싶을 정도로 강력한 육향이 입안에서 터지는 게 아닌가? 그간 평양냉면을 먹으며 육수, 면발, 얼갈이 절임에 감탄한 적은 있었어도 편육에 감탄 해본 건 이번이 처음이다.

오로지 이 편육 때문이라도 다시 방문하고 싶은 이 놀라운 합정동 ㄷ평양냉면집의 단 하나의 단점이 있다면 휴무와 브레이크 타임이다. 이곳은 월요일 휴무를 하고 오후 3시부터 5시 30분까지 브레이크 타임이 있는데 이 때문에 발길을 돌렸던 게 3~4번 정도 됐다.

그러다 보니 나도 모르게 속으로 "아니 장사를 하겠다는 거야, 말겠다는 거야? 장사를 하는데 매주 쉬는 날이 있고 브레이크 타임이 있어?"라는 못된 생각이 들기도 했다. 하지만 분명 제대로 된 음식을 준비하고 친절한 접객을 위해서 꼭 필요한 시간이었을 거다. 실제로 음식도 맛있었고 직원분들의 표정들도 밝고 친절했으니 말이다.

연애도 마찬가지다. 연애를 하는 여자들의 불만 1순위는 남자 친구가 자신을 1순위로 두지 않는다는 거다. 연락이 줄어들고, 자신을 만날 수 있는 시간에 친구를 만나거나 자기 시간을 갖는 것을 못마땅해한다. 그럴 때 나는 라이프스타일의 균형을 강조하면서 여자들에게도 자기만의 시간이 필요하고 자기만의 시간을 충분히 즐길 수 있어야 건강하고 트러블 없는 연애를 할 수 있다고 조언한다.

다만 혼자만의 시간이 필요하다고 말을 하기 전에 우리 남자들도 생각해 봐야 할 게 있다. 라이프스타일의 균형을 위해 충분히 자신만의 시간을 보내며 브레이크 타임을 즐기고 나서 연애에도 충분히 신경을 쓰고 공을 들이고 있는지를 말이다.

가끔씩 주말에 여자 친구와의 데이트가 아닌 친구들을 만나 축구를 하고, 게임을 하고 새벽까지 술을 마시는 것이 잘못된 건 아니다. 괜찮다. 그것이 당신의 브레이크 타임을 즐기는 방식이라면 말이다. 다만 그 브레이크 타임이 끝나고 나서 당신의 태도와 상태는 문제가 될 수 있다.

실컷 브레이크 타임을 즐기고 나서 여자 친구와의 약속을 잊고 늦잠을 잔다거나, 피곤해서 약속을 취소하거나, 술과 피곤에 쩔어서 데이트 장소에 나타나는 건 실례일 수 있는 일이다.

이렇게 생각해보자. 당신이 잔뜩 기대를 하고 맛집을 찾아갔는데 브레이크 타임이라 가게 앞에서 한 시간 정도 기다렸다고 말이다. 그런데 직원들끼리 브레이크 타임 동안 회식을 하고 얼큰하게 취해서 음식도 접객도 엉망이라면 당신의 기분은 어떻겠는가?

물론 당신이 여자 친구를 위해 서비스를 제공해야 하는 사업자는 아니다. 또한, 여자 친구가 원하는 걸 모두 들어줘야 하는 것도 아니며 그럴 수도 없다. 다만 충분히 혼자만의 시간을 보내며 브레이크 타임을 가졌다면 그 시간이 끝나고 나서 "그래, 신나게 놀고 쉬었으니 연애도 신나게 시작해볼까?"라며 약간의 기합을 넣어볼 수 있지 않을까?

첫사랑을 다시 만나도
잘 안될 수밖에 없는 이유

남들은 주말을 손꼽아 기다리지만 출근이란 걸 하지 않는 내 입장에서 주말은 꽤 곤란하다. 평일엔 대개 한산해서 분위기 좋은 카페에서 책을 읽거나 글을 쓸 수 있지만, 주말엔 어디를 가든 사람들로 북적해서 마음 편히 있을 만한 곳을 찾기가 어렵다.

그래서 대개 주말엔 남들 다 밖에 돌아다닐 때 홀로 침대에 누워 흘러가는 구름을 바라보며 시간을 때우곤 한다. 그런데 그날은 뜬금없이 꼭 조용한 곳에서 책을 읽고 글을 쓰고 싶어졌다. 하필 주말에 책을 읽고 글을 쓸만한 조용한 곳이라니. 아무리 생각해도 마땅한 곳이 떠오르지 않았다. (그런 곳이 있을 리가 없지 않은가?)

한참을 머리를 싸매고 고민을 한 끝에 떠오른 곳은 이미 오래전에 졸업을 한 대학교 도서관이었다. 확실히 탁월한 선택이었다. 집에서도 가깝고 막 시험 기간이 끝난 시점이라 한산했고, 오랜만의 모교 방문이라 추억도 새록새록 떠올랐다. 덕분에 기분 좋게 책도 좀 읽고 두어 개 정도의 글도 썼다.

오후 8시쯤 식사를 할 겸 도서관에서 나와 중문 앞을 걸었다. 사실 목적지는 애초에 집을 나서기 전부터 정해져 있었다. 그 옛날 나의 인생 짬뽕을 만나게 해 준 중국집이다. 정말 오랜만의 방문이라 조금 불안하기도 했지만, 중국집은 그 시절 그 모습 그대로 그 자리에 있었다.

그 옛날 나의 인생 짬뽕은 정말 파격적이었다. 일반 중국집에서 쓰는 짬뽕 그릇보다는 조금 더 깊은 그릇에 대체 어떻게 쌓았나 싶을 정도로 홍합이 수북이 쌓여 있었다. 처음엔 넘쳐나는 홍합살과 국물을 먹고 마시다가 본격적으로 이런저런 해물들과 싱싱한 야채를 곁들여가며 면발을 흡입하면 정말이지 '최고'라는 말 말고는 나오지 않았다.

특히 해물도 해물이지만 양배추의 아삭이는 식감과 단맛이 일품이었는데 하여간 누가 먹어도 인생 짬뽕이라며 엄지를 치켜올릴 맛이었다. 나는 주인아주머니께 왕년에 여기서 매일 밥을 먹고 술을 마셨었다며 너스레를 떨었고 주인아주머니는 반갑다며 그때보다 더 맛있어졌으니 기대하라고 말씀해주셨다.

하지만 내 앞에 나온 짬뽕은 당혹스러움 그 자체였다. 그릇도 그때의 그릇이 아니고 (심지어 다른 상호가 적혀있었다.) 쏟아질까 불안했던 홍합은 보이지 않았다. 국물의 빛깔은 라면의 느낌이었고 고명의 양은 떠나 종류도 많이 빈약해졌다.

주인아주머니께서는 오랜만에 찾아온 단골이 반가우셨는지 옆 테이블에 앉아 이곳의 짬뽕이 이렇게 업그레이드된 과정에 대해 이야기해주셨다. 하지만 죄송스럽게도 나는 너무 당황스러워서 내 귀엔 아무것도 들리지 않았다. 솔직히 맛도 잘 기억나지 않는다. 이렇게까지 말하고 싶지는 않았지만, 꽤 괜찮은 짬뽕라면의 느낌이었다.

식사를 마치고 허망한 마음에 다시 도서관으로 올라가는 길에 도대체 어디부터 잘못된 걸까 생각을 해봤다. 그때보다 물가가 많이 올라서 그때처럼 좋은 재료를 많이 쓸 수 없게 된 걸까? 아니면 맛있는 짬뽕 하나 먹어보겠다고 혼자 공주까지 차를 끌고 갔었던 나의 열정 때문에 상대적으로 맛이 없게 느껴진 걸까? 그것도 아니면 내가 인생 짬뽕이라고 생각했던 게 사실은 그저 미화된 나의 추억이었을 뿐이었던 걸까?

아마 그 모든 것들이 조금씩 영향을 미쳤을 거다. 하지만 이번 사건의 가장 큰 원인은 내가 옛 기억을 추억하며 내 멋대로 시간을 냉동시켜 버렸기 때문이다. 시간은 당연히 나의 소망과는 별개로 흘러가고 시간의 흐름에 따라 모든 것은 변한다. 물가가 변하고, 내 입맛도 변하고, 잘 팔리는 맛도 변한다. 잘못된 건 없다. 오히려 각자 자신의 상황에 맞게 잘 변화해왔다. 다만 지금은 잘 맞지 않을 뿐인 거다.

몇 해 전 여름, 차를 몰고 남산을 넘어가고 있을 때 한 친구가 내게 물었다. "너 그때 걔랑 헤어진 거 후회 안 하냐?" 그 녀석이 말하는 '걔'는 내가 처음으로 결혼을 하게 될지도 모른다고 생각했던 여자 친구다.

너무 오래 만나다 보니 서로, 그리고 서로의 지인들 모두 때가 되면 둘이 결혼을 하겠거니 했다. 하지만 결국엔 지금 기준으로는 시시한 이유로 헤어졌다. 그 후 그녀에 대한 이야기가 나오면 나는 항상 내가 실수했다고 그때를 후회한다고 말했다.

하지만 몇 해 전 여름, 내게 그녀와 헤어진 걸 후회하냐고 묻는 친구에게 나는 이렇게 말했다. "그치. 후회했지. 근데 지금 생각해보니까 잘 헤어졌던 것 같아." 왜 그렇게 생각하냐고 묻는 친구에게 따로 답을 하지는 않았다. 사실 말을 안 한 게 아니라 못했다. 분명 그때 헤어진 게 잘한 일이었다는 생각은 들었지만 그렇게 생각을 하게 된 이유를 어떻게 설명해야 할지 몰랐다.

아마 내가 그때 "생각해보니 그녀와 잘 헤어진 것 같아."라고 말을 했던 건 그녀와 헤어지던 그때는 몰랐지만 지나고 보니 그녀와 내가 바라보는 방향이 달랐다는 걸 어렴풋이 느꼈기 때문일 거다. 그땐 몰랐지만, 그때의 그 시시한 이유가 시간이 흐를수록 서로의 사이를 벌려놓고 결국엔 서로를 진심으로 미워하게 만들고 상대방 때문에 불행해졌다고 말을 하게 됐을 거란 걸 깨달은 거다.

시간은 내 소망대로 흐르지 않고 자연히 모든 것은 시간의 흐름에 따라 내 소망과는 전혀 상관없이 변화한다. 우리가 추억하는 첫사랑은 그때 그곳에서만 존재했을 뿐이다. 그리고 지금은 그때와 전혀 다른 사람이 되어버린 나와 상대의 머릿속에서 서로 다른 모습으로 존재할 뿐이다.

너무 사랑한다면 이유를 따져 봐야 한다

나는 매운 것을 잘 먹을 수 있지만 즐기는 편은 아니다. 남들은 매운 걸 먹으면 스트레스가 풀린다는데 나는 매운 걸 먹으면 스트레스가 풀리긴커녕 짜증만 치밀어 오른다. (화낼 데가 없어서 매운 걸 먹으며 화내고 스트레스를 푸는 걸까?)

그래서 대한민국을 휩쓴 마라 열풍이 나와는 전혀 상관없는 남의 나라 일이라고 생각했는데, 결론부터 말하자면 어쩌다 보니 집에 마라 소스를 상비하고 있는 심각한 마라 중독자가 되었다.

남들은 얼큰한 매운맛에 먹는다고 하던데 맵고 얼큰한 것만 따지자면 차라리 짬뽕이 훨씬 낫다고 생각한다. 하지만 말로는 설명할 수 없는 어떤 오묘한 느낌에 하루가 멀다하고 라공방을 찾는다.

그날도 별생각 없이 라공방에 들어가 청경채, 새우 완자, 포두부, 푸주, 배추, 느타리버섯, 팽이버섯, 옥수수면, 분모자 당면, 소고기, 양고기를 나만의 레시피에 맞게 신중히 눈대중으로 계량을 하고 계산을 마쳤다.

그리고 습관처럼 셀프바로 몸을 틀어 물잔을 채우고 밥을 퍼담고 있는데 옆에 처음 보는 소스들이 눈에 들어왔다. (정확히는 원래 있었지만, 그동안 신경을 쓰지 않았었다.) 산초기름, 고추기름, 땅콩소스, 설탕. 나는 호기심에 조금씩 소스 그릇에 담아왔고, 잘 익은 양고기와 소고기 그리고 청경채를 한 젓가락에 집어 소스에 푹 찍어 입에 넣었다.

그 순간이 매운 것을 즐기지 않는 내가 마라탕에 미치게 된 이유를 깨닫게 된 순간이었다. '산초' 그게 날 미치게 했었던 거다. 혀를 포함한 입안 전체를 얼얼하게 마비시키고 묘하게 멘톨처럼 시원하고 청량한 기분을 들게 하는 산초가 난 미치도록 좋았다.

내가 무엇인가를 왜 좋아하게 되었는지를 알게 된다는 건 여러모로 유용한 일이다. 내가 뭔가에 미치게 된 이유를 명확하게 알게 되면 내가 그동안 몰랐던 나의 성향을 깨달을 수도 있고, 상황에 맞게 조절하거나 다른 것으로 대체할 수 있고, 무엇보다 막연히 애매하고 답답했던 마음이 아주 명확하고 시원해진다.

개인적으로 평탄한 연애를 선호해서 대개는 큰 기복 없는 연애를 했었는데 딱 한 번 모든 친구가 미쳤냐며 뜯어말린 적이 있다. 그 버라이어티한 사연들을 모두 풀어 놓을 수는 없지만 대충 요약하자면 그녀

덕분에 대낮 가로수길 한복판에서 자지러질 듯 소리를 질러보기도 하고, 한 도시의 모든 병원 응급실을 뒤져보기도 하고, 술에 만취한 채 택시를 타서 택시비만 십 수만 원을 쓴 적도 있다.

누가 봐도 확실한 미친 연애였다. 그녀는 하루에도 수십번 나의 감정을 바닥에서 꼭대기로 다시 꼭대기에서 바닥으로 요동치게 만들었고 나는 술을 마실 때마다 괴롭다고 너무 힘들다고 진저리를 치면서도 그녀를 놓지 못했다.

그러던 어느 날, 그날도 애꿎은 스마트폰에 대고 대체 나한테 왜 이러냐고 내가 뭘 잘못한 거냐고 애원인지 분노인지 구분하기 힘든 무엇을 쏟아내고 넋이 나간 채 카페에 앉아 커피잔만 바라고 있었다. "이젠 정말 그만…." 머릿속은 온통 그 생각뿐이었다. 여기서 더하면 뭔가 나쁜 일이 벌어질 것만 같았다.

그때 어디서 튀어나온 건지 알 수 없는 나의 또 다른 자아는 내게 이렇게 말했다. "그동안 잘해왔잖아. 그래도 너니까 이 정도로 잘 버틴 거지 그녀에겐 네가 필요해. 그리고 따져보면 그녀도 처음보다는 좀 나아졌잖아? 네가 좀 더 노력하면 그녀도 괜찮아 질 거야."

대체 뭐가 괜찮다는 건지, 그깟 연애 때문에 삶이 무너지고 피폐해져 가는데! 나는 멍하니 커피잔 안 미세하게 흔들리는 커피의 표면을 응시하며 머릿속으로는 그녀와 잘해보라고 나를 위로하고 설득하는 또 다른 자아와 피 터지게 싸우고 있었다.

머릿속에서의 피 터지는 싸움 속에서 나의 이성은 이건 연애가 아니라고 그만해야 한다며 그녀 때문에 엉망이 된 객관적인 사건들을 끄집어내 또 다른 자아에게 집어던졌다. 그러면 어디서 튀어나온 건지 알 수 없는 나의 또 다른 자아는 능숙한 솜씨로 그것들을 하나하나 안정적으로 받아 내고 또 거기에 '사람이 그럴 수도 있다.', '앞으론 나아질 거다.', '진짜 사랑한다면 이겨낼 수 있다.' 따위의 말들을 덧붙여 다시 나의 이성에게 던지는 식이었다.

아무리 애를 써도 나의 이성은 또 다른 자아에게 제대로 된 한 방을 맞추지 못했고 그날도 그렇게 또 다른 자아의 승리로 마무리가 되는 듯했다. 하지만 그날은 좀 달랐다. 살면서 한 번도 의식해보지 못했던 어떤 존재가 내 머릿속에서 나 자신에게 이렇게 말했다.

"네가 무슨 사랑을 위해 모든 걸 다 바치는 순정

남도 아니고, 너도 걔가 이쁘고, 몸매도 좋고, 집도 잘살고, 직업도 좋고 그러니까 같이 있으면 괜히 으쓱하고 놓치기 싫으니까 걔가 별짓을 다 해도 안 놓고 있는 거잖아. 네 욕심 때문에 안 놓는 거면서 어디서 피해자 코스프레야?"

천박할 정도로 노골적인 비난에 잠시 당황했지만 놀랍게도 비난을 곱씹으면 곱씹을수록 혼란스럽던 머릿속이 티끌 하나 없을 정도로 명쾌해졌다.

그래, 난 아름답고 성스러운 사랑을 위해 모진 고통을 감내하고 또 사랑하는 그녀를 위해 아낌없이 희생을 한 게 아니라 내 욕심을 포기할 수 없어 여러 가지 고통을 감수하고 있었을 뿐이었다. 만약 그녀의 조건이 조금이라도 달라진다면 나의 태도도 어떻게 달라졌을지도 모른다.

이렇게 생각하니 한없이 마음이 편해지고 상쾌함마저 느껴졌다. 내가 뭣 때문에 미쳤는지 명확하게 깨닫고 나니 막연히 성스럽고 아름다운 사랑 타령에서 벗어나 조금은 천박하고 노골적이지만 객관적인 현실이 눈에 들어왔다.

그러자 "내가 팜므파탈의 마력에 정신이 나갔던

건가?", "좀 괴롭긴 했지만, 엄청 버라이어티한 경험이었어. 다음에 글로 써봐야지!", "생각해보면 아직은 좀 더 해볼 만하지 않나?" 따위의 생각이 들었다.

그 후로는 그녀를 만나도, 정확히는 그녀가 나를 다양한 방법으로 죄책감을 심어주고, 흔들고, 협박을 해도 나는 더이상 괴롭지 않았다. 오히려 때로는 "와…. 몇 주 전에 저랬으면 혼자 술 마시다 소주병 좀 깼겠는데?" 하는 생각이 들기도 했다.

그 이후 한 6개월쯤 버라이어티하고 기괴한 미친 연애를 이어가다 "우리 이제 그만하자. 이러다가 진짜 큰일 나겠다."라는 말과 작은 소동과 함께 그녀와의 연애는 진짜 끝이 났고 그녀는 몇 해 후 결혼했다.

그녀와의 미친 연애를 마치고 나는 습관이 하나 생겼다. 누군가에게 호감을 느끼면 그 이유를 천박하고 노골적인 시각으로 생각해본다. 그러고 나면 대개 몇 가지 이유들이 떠오르게 되는데 때로는 상대의 조건 때문이기도 하고, 때로는 나의 결핍 때문이기도 하고, 때로는 상황적인 이유이기도 하다.

그리고 이렇게 상대에게 호감을 느끼게 되는 정확한 이유를 찾아내게 되면 막연히 성스럽고 아름다운 사랑이라는 느낌에 취해 격정적인 감정을 즐길 수는 없지만 은은하게 달달한 안정적인 연애를 할 수 있었다.

내가 상대에게 미치게 된 이유를 정확하게 알고 있으니 상대의 매력을 정확히 응시할 수 있고 또 나의 결핍을 마주하며 무엇을 채워야 하는지 깨달았다. 무엇보다 상황에 따라 변하는 나의 감정을 바라보며 타인의 모순에 좀 더 너그러워질 수 있었다.

좋아하는 이유만 제대로 찾아내도 막연하고 혼란스러운 머릿속이 명쾌해질 수 있다니! 누구나 한 번쯤은 시도해볼 만하지 않을까?

애플리케이션으로
연애를 시작해도 괜찮을까?

개인적으로 면 요리는 평양냉면 이외에는 이단이라고 생각하는 유일면 사상을 가진 모태 평양냉면 교인이지만 이곳 구암 막국수는 나에게 평양냉면 이외에도 꽤 괜찮은 면 요리들이 있다고 생각하게 했다.

막국수라고 하면 족발이나 보쌈을 시키면 딸려오는 있어도 그만 없어도 그만인 곁가지 서비스 음식이라는 인상이 강했었는데 역시, 뭐든 잘하는 사람이 만들면 예술이 되는 건가 보다.

웬만한 평양냉면집 면을 뛰어넘는 메밀 향 가득한 탱글탱글한 면발에 짭조름하지만 물리지 않는 깔끔한 육수는 정말이지 일품이었다. 만약 메뉴판에 막국수가 아니라 평양냉면이라고 써있어도 "여긴 대중적이고 특색있는 평양냉면이네?" 하고 생각했을지도 모른다.

무엇보다 내가 이곳에서의 막국수에 놀라고 홀딱 반하게 된 건 아무 사전 정보 없이 떠난 여행길에서 애플리케이션이 추천해준 근처 맛집이었기 때문이다.

그동안 맛집을 찾는 방법은 지인의 소개, 포털 검색, TV 출연 맛집 검색이 전부였다. 그러다 보니 여행을 가려면 사전에 따로 시간을 들여 조사를 해야 하기도 했고 때로는 맛집 때문에 여행 계획을 수정하는 주객전도의 상황이 벌어지기도 했다.

그런데 이 애플리케이션은 단지 유명한 맛집을 소개해주는 게 아니라 직접 먹어본 사람들이 평점을 기반으로 내 위치 근방의 맛집들을 리스트업해 준다. 그러다 보니 언제 어디를 가든 이 애플리케이션만 켜면 최소한 맛에 실망해서 빈정이 상해버리는 경우는 없었다.

세상 참 좋아졌다! 어떤 특정 사람이 큐레이팅하는 게 아니라 많은 사람들의 평가를 분석하여 그 상황과 위치에 맞는 맛집을 추천해 준다니. 맛집 애플리케이션이 단순히 유명한 맛집들을 리스트 업만 해주다가 이제는 방대한 고객들의 평을 데이터 마이닝을 통해 신뢰 높은 정보로 가공하여 추천하는 눈부신 발전을 이룬 것처럼 요즘 소개팅 애플리케이션의 발전도 만만치 않다.

몇 해 전까지만 해도 개인적으로는 애플리케이션을 통해 사람을 만나는 것에 대해 부정적인 생각이었다. 하지만 요즘 돌아가는 판을 보면 오히려 지인에게 소개를 받는 것보다는 신뢰할만한 애플리케이션을 통해 사람을 만나는 게 좀 더 효율적이고 신뢰가 높지 않나 하는 생각이 들 정도다.

소개팅이라는 건 주선자의 주관적 기준으로 큐레이팅 되는 시스템이다 보니 서로의 취향을 완벽하게 반영하기 어렵다. 무엇보다 양쪽의 지인이다 보니 서로의 조건이나 치부를 의도적으로 감추거나 과장하는 경우가 생길 수 있다.

물론 신뢰감 면에서는 애플리케이션이 따라올 수 없겠지만 애플리케이션의 무한에 가까운 매칭과 많은 인증으로 인한 높은 객관적 신뢰도는 소개팅의 신뢰감을 충분히 만회하고도 남는다.

무엇보다 애플리케이션을 통한 만남이 과거 소수 남자의 주머니를 터는 구조에서 대중화를 통해 체질 개선을 이뤄냈다. 이는 좀 더 많고 괜찮은 사람들의 유입을 유도해냈고 이런 선순환을 통해 애플리케이션을 통한 만남은 이제 새로운 인연을 만드는 꽤 괜찮은 방법이 된듯하다.

아직도 맛집이든 만남이든 아날로그 방식을 고수하는 사람들이 더 많다. 물론 그게 잘못됐다거나 구닥다리라며 폄하하는건 아니다. 다만 맹목적으로 트랜드를 따를 필요는 없겠지만 조금 편한 마음으로 새로 생긴 문화들에도 관심을 가져보라는 거다. 혹시 아나? 눈부신 발전을 이뤄낸 애플리케이션들이 당신에게 인생 맛집을 소개해주고 소울메이트를 소개해줄지?

PART 2

우리의 온도 차이

연애 다툼은 참치회 온도처럼

참치회만큼이나 온도가 중요한 음식은 드물다. 해동이 덜 돼서 너무 꽝꽝 얼어 있으면 참치 회에 혀가 달라붙는 낭패를 보기도 하고 입에 넣었을 때 차갑다는 느낌 말곤 아무런 맛도 느낌도 느낄 수 없다. 그렇다고 너무 녹아버리면 흐물흐물하고 살짝 비릿한 느낌이 들어버린다.

개인적으로 선호하는 온도는 평양냉면 육수 정도의 차가움인데, 대충 얼음이 얼기 직전의 온도랄까? 입에 넣었을 때 쨍한 차가움은 아니지만, 입안이 시원해지면서도 씹기 시작하면 차가운 느낌은 사라지고 담백하고 기름진 고소한 맛이 입안을 스쳐 지나간다.

가만히 생각해보면 정말 신기한 일이다. 조미료를 더 넣은 것도 아니고, 조리법이 다른 것도 아니고 고작 온도, 그것도 몇 도 안 되는 그 온도 차이로 맛이 달라질 수 있다니 말이다. 그렇게 생각하니 참치집 실장님들은 참 대단하신 거다. 바에 앉은 손님들의 대화상대도 해주시면서 적당한 해동의 포인트를 찾아내시니 말이다.

어쩌다 연인과 트러블이 생겼을 때 적당한 해동의 포인트를 찾아내는 참치집 실장님의 센스를 발휘해

보면 어떨까? 나의 경우 연인과 다툴 일이 생기면 상대에게 이야기 할 때 말의 온도를 꽤나 세심히 신경 쓰는 편이다.

솔직한 심정으론 최대한 차갑게 이야길 하며 기선 제압을 하고 싶기도 하지만 그랬다간 상대에게 상처가 될 수도 있고, 다투게 된 원인은 사라지고 감정싸움만 남을 수가 있다. 그렇다고 "뭐 그럴 수도 있지." 하고 꾹 참거나 "내가 다 잘못했어요. 많이 화났어요? 자기야 풀어요."라고 애교스럽게 말을 하기엔 내가 불편하기도 하지만 상대 입장에서도 어색하고 불편할 수도 있다.

그래서 내가 고심 끝에 결정한 방법은 맛있는 참치회 온도다. 살짝 차가울 수 있겠지만 단호하되, 상대가 기분 나쁘지 않을 정도의 온도. 상대가 내게 화를 내든, 나를 불편하게 만들 때 상대를 바라보며 입술은 앙다물어도 눈은 멋쩍은 웃음을 지으며 "그렇게 얘기하니까 내가 말하기가 좀 불편하잖아, 천천히 얘기해보자. 응?"이라고 이야길 한다. (될 수 있으면 손도 꼭 잡고.)

물론 그렇다고 단박에 "지금 맛있는 참치회 온도로 얘기해주는 거야?"라며 분위기가 반전되는 건 아니다. 처음엔 내가 세심히 온도를 신경 쓰며 이야길 하든 말든 상대는 자신의 감정을 터뜨리기도 하지만 인내심을 가지고 맛있는 참치회 온도를 신경 쓰며 손님을 접대하는 참치집 실장님의 마인드로 이야길 하다 보면 자연히 과도한 감정은 잦아들고 오해와 생각의 차이가 조금씩 작아지기 마련이다.

맛있는 참치회 온도로 이야기를 해서 문제가 해결된 건 아니다. 다만 상대도 나름의 논리로 흥분을 하고 나를 비난하는 것이겠지만, 내가 꾸준히 말의 온도를 신경 쓰며 이야길 해준다는 것을 느끼면 자연히 감정을 거두고 본인도 조금 이성적으로 내 이야기를 들어주는 것이다.

우리는 상대가 나를 위해 세심히 신경을 써준다고 느낄 때 고마움과 감동을 받기 마련이다. 내가 맛있는 참치회 온도를 찾아 주시는 참치집 실장님들께 감사함을 느끼는 것처럼 내가 상대를 위해 맛있는 참치회 온도로 이야기 하기 위해 세심하게 신경을 쓰면 상대도 나의 노력에 고마움과 감동을 받는 것은 아닐까?

서촌계단집은 연애 고수다

애증의 서촌계단집. 아마 두어 달에 한 번은 가는 듯하다. 그런데 갈 때마다 생각한다. "내가 왜 서촌계단집을 가는 거지?" 어차피 갈 거면서 툴툴대는 것도 웃기지만 그래도 따져볼수록 웃기다. 극도로 집에서 멀어지는 걸 싫어하면서도 친절하지도, 편하지도, 싸지도 않은 서촌계단집을 왜 난 동네 앞 포장마차 가는 듯 가는 걸까?

가만히 생각해보면 그건 내가 서촌계단집의 후지지 않은 꼬질한 분위기의 매력에 중독되었기 때문이다. 낙서로 도배가 되어 있는 벽, 등받이조차 없는 의자와 뒷사람의 등을 등받이로 써야 할 것만 같은 비좁음, 조명은 밝으면 장땡이다. 식의 형광등 조명이지만 그 꼬질함에는 후짐이 아니라 멋짐이 느껴진다.

정확히는 서촌계단집이 멋진 게 아니라 서촌계단집에서 소주잔을 기울이는 내가 멋진 것만 같다. 뭐랄까, "사실 오늘 자주 가는 일식집에서 오마카세 스시 먹으려다가 갑자기 옛날 생각나서 왔어." 하는 느낌이 든다고나 할까?

이렇게 생각해보니 서촌계단집은 꼬질한 분위기로 상대의 마음을 휘어잡아버리는 연애의 고수인 듯하다. 연애 상담을 하다 보면 많은 여자들은 이렇게 말한다. "사실 남자 친구가 제 스타일은 아니었어요." 라고. 그러면 대체 왜 만났을까? 싶은 생각이 들지만 사실 그들은 꼬질한 분위기의 마력에 중독되어버린 거다.

꼬질한 분위기는 상대방으로 하여금 편안함을 느끼게 하고 경계를 풀게 만든다. 그리고 묘하게 만만한 느낌을 풍기면서 상대방 입장에선 "내가 충분히 컨트롤을 할 수 있지 않을까?" 하는 묘한 *길티플레져를 건드린다. 쉽게 말하자면 "내 급은 아니지만 뭐 한번 사겨줄게." 하는 느낌을 준다.

문제는 꼬질한 분위기를 풍긴다고 결코 만만한 건 아니라는 거다. 서촌계단집에서 일단 참소라로 시작을 하고 나면 이모님이 슬쩍 "요즘은 새조개가 철인디." 하는데 어찌 추가 주문을 하지 않을 수가 있을까? 그리고 아무리 둘이서 안주 두 개를 뚝딱! 했다고 또 바다라면을 지나칠 순 없는 것이고 말이다. 무엇보다 안주를 이렇게 주문했으니 다량의 소주는 자동으로 따라오기 마련이다. 그렇게 한참을 꼬질한 분위기의 마력 속에서 허우적거리다 보면 10만 원에 육박하는 영수증을 보고 술이 단박에 깨버린다.

---

* 죄의식을 동반하지만, 했을 때 즐거운 일

연애도 마찬가지다. 꼬질한 분위기의 매력에 넘어가 도도하게 연애를 시작했다가도 얼마 지나지 않아 정신을 차려보면 꼬질했던 그 녀석이 나의 심장을 쥐고 도도하게 서 있고 나는 어느새 꼬질한 그 녀석에게 조금 더 사랑해달라며 징징거리고 있다.

정말 무서운 매력이다! 그러니 당신이 혹시 꼬질하다면 주눅 들지 마라. 당신은 잘난 것들은 죽었다 깨나도 절대로 얻을 수 없는 꼬질한 분위기의 마력을 손에 쥔 것이다! 그리고 당신이 지금 꼬질한 분위기의 매력에 빠지기 직전이라면 조심해라. 꼬질하다고 만만한 건 아니니 말이다!

연애할 때 남자들의 변명

대학 시절, 주머니는 가벼운데 회가 먹고 싶어지면 어김없이 찾았던 오징어 전문점('오징어 바다'였던 것으로 기억한다). 가게 앞 수족관엔 한가득 오징어들이 자신의 운명은 까맣게 모른 채 좁은 수조 안을 유영하고 있었다. 그때만 해도 오징어 한 마리만 주문해도 함께 나오는 오징어튀김과 밑반찬 그리고 미역국으로 대학생 서너 명이 소주 너덧 병은 거뜬히 비워내곤 했다.

오징어 특유의 찰지고 쫀득한 식감과 씹을 때마다 배어 나오는 고소함과 단맛, 그리고 그 오징어의 맛을 나의 위장으로 개운하게 쓸어넘기는 소주 한잔의 조합은 중독, 그 자체였다. 이제는 회가 먹고 싶으면 참치가 먼저 떠오르는 나이가 되었지만, 가끔 고등학교 혹은 대학 동기들을 만나면 3차쯤엔 어김없이 오징어 바다를 들리곤 한다.

그런데 언제부터였을까? 오징어 바다에서 오징어를 주문하면 다 떨어졌다는 이야길 듣기 시작했다. 아니, 오징어 전문점에 가서 오징어를 시켰는데 오징어가 다 떨어졌다니. 처음엔 "오, 요즘 오징어회가 인기인가?" 하며 대충 광어를 시키며 아쉬움을 달랬는데 나의 체감상 거의 매번 오징어 전문점에 갈 때마다 오징어가 다 떨어졌다는 이야길 들었던 것 같다.

오징어 전문점의 정확한 속사정은 모르겠다만 몇 해 전부터 오징어 어획량이 급감해서 오징어가 금징어란 기사들을 보았는데 아마도 그러한 사정 때문은 아닐까 생각해본다. 뭐 어쩌겠는가? 오징어 어획량을 오징어 전문점 사장님께서 좌지우지할 수 있는 것도 아니고 말이다.

다만, 그럴 거라면 옛 추억을 떠올리며 오징어 전문점을 찾는 나 같은 젊은 아재들이 헛걸음하지 않도록 가게 문 앞에 "오늘은 오징어 물량이 없습니다."라고 적어 두었다면 어땠을까 싶다. 물론 그러면 매출은 좀 줄 수도 있겠지만, 오징어가 있을 땐 다른 게 먹고 싶어도 "이때가 아니면 먹기가 힘들 거야!"라며 냉큼 들어갈 텐데.

하여간 이런저런 사정이야 있겠지만, 오징어 전문점인데 오징어를 먹으러 온 사람에게 너무 당연하게 "오늘은 오징어가 다 떨어졌습니다."라고 말을 툭 던지고 알아서 다른 메뉴를 고르라며 옆에 떡! 하니 서 있으면 뭔가 속은 것 같은 기분에 영…. 기분이 찝찝해진다.

오징어가 없는 걸 혹은 오징어가 너무 비싼 걸 어쩌겠냐마는 그래도 "요즘 이러저러해서 어렵네요. 대신 광어가 정말 싱싱해요!" 정도만이라도 이야길 해준다면 광어가 싱싱하든 말든 "그치! 다들 어려운데, 돕고 살아야지." 하며 기분 좋게 술잔을 기울일 수 있을 것 같은데 말이다.

그렇다. 상황이야 우리가 어쩔 수 없겠지만 말은 내 마음대로 할 수 있지 않은가? 상대가 서운할 수 있는 상황이라는 걸 안다면 내가 이러는 것은 잘못이 아니라는 식의 변명을 늘어놓기보다는 쿨하게 인정하고 대신 나름의 대안을 제시한다면 양쪽 다 서운하거나 불편할 일은 많이 줄어들 수 있다.

많은 여자들이 연애하며 느끼는 큰 불만 순위 1순위는 시간이 갈수록 줄어드는 남자 친구의 연락이다. 연애를 시작할 때만 해도 아무리 늦은 밤에라도 보고 싶다며 달려오고 여자 쪽에서 귀찮을 정도로 연락을 해대던 남자는 어느 순간부터 눈에 띄게 연락이 줄어든다.

그것을 애정이 식었다는 식으로 단정 지을 수는 없겠으나 매번 귀찮을 정도로 연락을 받았던 여자 친구의 입장에선 확실히 조금씩 불만을 느끼게 되고 횟수가 늘어나며 불만은 짜증과 비난으로 이어지기 쉽다. 그럴 때마다 많은 남자들은 "요새 내가 얼마나 바쁜지 알아!?"라며 항변을 하지만, 그러기엔 너무도 많은 지인과의 술자리와 취미생활(주로 게임)을 즐기는 모습이 보이니 여자 친구로선 속이 부글부글 끓을 수밖에.

물론, 남자 친구들이 말하는 바쁘다는 것이 아주 거짓말은 아닐 것이다. 새 프로젝트를 맡게 되었거나, 이직을 준비하거나, 상사에게 찍히는 등 일과 관련된 스트레스 등의 불가항력적인 이유로 연락이 줄어든 것일 수도 있다. (사실 그게 아닌 거 남자인 내가 잘 알지만, 그냥 그렇다고 치자) 하지만 그 어떤 이유든, 여자 친구 입장에서 느끼는 불만을 남자 친구가 말하지 않아도 알아서 이해하고 참아줘야 하는 건 아니지 않은가?

오징어 가격이 폭등하여 많은 오징어를 들여놓지 못했다면, 오징어를 주문하는 손님에게 겸연쩍은 표정으로 다른 메뉴를 권하며 슬쩍 손가락 두어 마디 정도 개불이라도 좀 서비스로 썰어준다면 얼마나 좋을까? 이처럼 연락 문제로 불만을 토로하는 여자 친구에게 다짜고짜 바빴다고 말하기보다 당장 택시를 타고 여자 친구에게 달려가 볼이라도 꼬집어주며 "바빠서 연락이 좀 줄었지? 미안해." 하고 서비스를 한다면 그동안 연락이 줄어 속이 뒤집어졌던 여자 친구도 충분히 이해하고 만족해주지는 않을까?

어떤 피치 못할 상황이라고 해서 상대방이 당연히 이해하고 감수해야 한다는 식의 마인드는 욕쟁이 할머니 식당이 대부분이던 쌍팔년도나 가능했던 마인드다. 이제는 고객 감동이 우선 아닌가? 큰 손해를 봐가면서 고객에게 맞춰줄 수는 없겠지만 조금만 센스를 발휘한다면 좋지 않은 상황을 오히려 고객 감동으로 바꿀 수 있는 좋은 기회가 될 수 있다는 걸 명심하자.

연애도 에너지를 소비한다

늦은 밤 성수동 골목길을 걷다가 우연히 발길이 닿은 제주올레포차. (제주와 올레 그리고 포차라니, 정말이지 너무 매력적인 단어 조합이 아닌가.) 이 매력적인 이름을 가진 가게에서는 이름에 걸맞게 말고기 육회, 은갈치회, 한치물회 등 다분히 제주다운 안주들로 가득했다.

먹고 싶은 메뉴가 너무 많아 머리를 쥐어뜯으며 괴로워하고 있을 때 눈에 띈 사장님 마음대로! 당일 배송되는 신선한 해산물 모둠이라니! 은갈치회, 돌멍게, 꼬막, 소라, 낙지호롱이, 딱새우, 연어 등이 한가득 담긴 큼지막한 접시를 보고 입에 넣기도 전에 환희에 차버렸다.

입으론 은갈치회의 은은한 단맛에 감탄하면서 한 손으로 돌멍게 껍데기에 소주를 따르다 보니 이 환상적인 조합을 생각해낸 사장님의 센스에 감복해버렸다. 고작 3만 6천 원에 입안 한가득 제주를 품을 수 있으니 이 얼마나 대단한 일인가?

그간 살아오며 많은 모듬회와 해산물을 먹어봤지만 이처럼 나에게 감동을 준 구성은 없었다. 솔직히 양으로 따지거나 맛으로만 따지자면 평범할 수도 있지만 이처럼 컨셉이 확실하고 적당한 구성은 쉽지 않다.

사장님은 이 구성을 생각하시며 얼마나 고민에 고민을 거듭하셨을까? 3만 6천 원에 제주를 한 접시에 담아야 하는데 마음 같아서는 은갈치회를 왕창 넣고 싶지만 그러자니 남는 게 없고, 그렇다고 한치 숙회로만 채우자니 손님들이 실망할 테고. 잘은 모르지만 아마 매일 매일이 고민의 연속이실 거다.

참, 생각해볼수록 딜레마다. 마음 같아서는 상대가 원하는 것을 모두 주고 싶지만 모두 줄 수 없다라. 정말 슬픈 일이지만 우리는 연애에서도 이런 딜레마에 빠질 수밖에 없다.

상대도 마음 같아서는 내가 원하는 만큼 자주 연락도 해주고, 자주 데이트도 하고, 좀 더 내 입장에서 생각해주고 싶을 거다. 문제는 모두 내가 원하는 만큼 해줄 수가 없다는 거다. 어쩌면 누군가는 "나를 정말 사랑한다면 좀 더 신경 써서 연락도 잘해주고 친구들 안 만나고 나랑 더 시간을 보낼 수 있는 거잖아요?"라고 말을 할지 모르겠다.

하지만 그런 식은 모듬해산물을 판매하는 제주올레포차 사장님께 "사장님, 정말 손님들의 만족을 원하신다면 마진 남기지 마시고 은갈치회 늘려주시고 말고기 육회는 서비스로 주실 수 있지 않나요?"라고 말하는 것과 마찬가지지 않을까?

좀 더 신경써서 연락하고, 여가시간을 데이트에 좀 더 투자하는 것은 결코 마음만 먹으면 되는 일이 아니라 그만한 에너지를 소비해야 하는 일이다. 그런데 에너지는 한정되어 있으니 우리에게 쏟을 수 있는 에너지 또한 한정되어 있고 그러니 우리의 마음에 쏙 들 수만은 없는 거다.

받는 입장에서는 상대가 조금 더 신경 써줄 여지가 있어 보이기 쉽지만 주는 입장에서는 한정된 가치를 분배해야 하니 마음처럼 더 신경쓴다는 게 어려울 수밖에 없다. 이때 필요한 게 상대의 입장을 이해하는 자세다.

모듬해산물의 단가를 따져보며 "이거 원가는 만오천 원쯤 하겠네. 마진 좀 줄이고 말고기 육회 좀 넣어주지!"라고 툴툴댈 사람이라면 직접 사다가 해 먹어야 하는 것처럼 "나를 사랑한다면 다른 걸 줄이고 나를 무조건 1순위로 생각해줄 수 있는 거 아냐?"라고 생각한다면 연애가 아닌 애완동물을 키우는 편이 낫지 않을까?

연애에 대한 트라우마가 있다면

친구들과 한참을 달리고 집에 돌아가기 전에 뭔가 아쉬울 때, 동네 친구를 만나 한잔할까 하는데 마땅히 갈만한 곳이 없을 때, 만난 지 얼마 안 된 여자 친구와 내 머릿속의 지우개 코스프레하고 싶을 때 종종 찾던 포장마차.

그런데 언제부터인가 발길이 좀처럼 포장마차로 향하질 않는다. 이유를 곰곰이 따져보니 소싯적과 다르게 시간이 지날수록 외식문화는 나날이 눈부시게 발전하며 맛이 상향 평준화가 되었지만, 포장마차의 안주들 맛은 아직도 제자리걸음을 하고 그에 비해 가격은 인플레이션을 직방으로 맞았다.

하지만 그것도 괜찮다. 그만큼 나의 주머니 사정도 예전보다는 훨씬 나아졌으니. 그렇다면 왜 난 포장마차에 발길이 가질 않는 걸까? 조금 더 고민해보니 나의 머릿속 저편에 있던 포장마차에 대한 트라우마들이 새록새록 떠올랐다. 꼬막, 꼼장어, 오징어 숙회. 모두 나의 포장마차 완소메뉴들이지만 더불어 다음날 나에게 지옥을 맛보여준 메뉴들이다.

다른 곳에서 먹으면 아주 좋은 메뉴들이다! 생각날 때마다 벌교 왕꼬막과 쭈꾸미 숙회를 먹으러 서촌을 찾고, 해운대에 갈 일이 있으면 시간을 따로내서라도 꼼장어를 꼭 먹고 온다. 하지만 어쩌다 포장마차가 생각이 날 땐 꼬막과 꼼장어 그리고 오징어 숙회가 떠오르며 식은땀이 등줄기를 훑고 지나간다.

이날도 마찬가지였다. 곧 이 나라를 떠날 생각이라는 녀석과 얼큰하게 취해 집으로 돌아오는 길에 포장마차를 앞에 두고 그 녀석이 "우리 대학교 때 생각난다. 한잔 더?"라는 게 아닌가? 순간 진심으로 지옥 같았던 기억들이 주마등처럼 스쳐 지나갔다.

어쩔 수 없이 끌려들어 간 포장마차. 메뉴판을 보는데 내 머릿속엔 다음날 벌어질지도 모를 끔찍한 일들로 가득 찼다. 메뉴판을 앞에 두고 어찌할 줄 몰라 하는 내게 그 녀석은 "아 맞다. 너 그때~ 그럼 홍합탕 먹자!"라는 게 아닌가?

그래도 오랜만의 포장마차는 좋았다. 포장마차에서만큼은 다른 손님들이 아는 사람처럼 느껴지고, 때론 배경음악처럼 다른 손님의 이야기에 가만히 귀를 기울이게 되며 묘한 포근함과 따뜻함을 느끼게 해준다.

우리가 어떤 것에 트라우마가 있다는 건 역설적이게도 그것이 내게 소중한 것이라는 뜻이 되기도 한다. 내가 포장마차 때문에 그 고생을 해놓고도 비 오는 날이면 어김없이 포장마차를 그리워했던 것처럼 말이다.

연애에 대해 트라우마가 있는 사람들도 마찬가지다. 사랑했던 사람이 바람을 피워서 혹은 너무 많이 싸워서 연애에 대해 트라우마가 생겨 연애를 시작하기 두려울 수 있겠지만, 그것은 연애라는 게 당신에게 소중했다는 증거이고 언제가 되었든 트라우마를 극복하고 다시 연애를 시작해야 할 이유이기도 하다.

물론 두려울 거다. 또 예전처럼 아프면 어쩌지? 하는 생각이 당신의 머릿속을 가득 채우고 식은땀이 등줄기를 훑고 지나가고 결국엔 예전처럼 고통스러울지도 모른다. 그래서 트라우마 때문에 선뜻 시작을 못 하겠다면 혼자 포장마차에 앉아 꽁냥거리는 커플들의 애정행각을 안주 삼아 소주라도 한잔하며 나지막이 스스로에게 이야기해주자 "아파도 죽기야 하겠어?"

죽을 만큼 아플 수도 있겠지만 연애라는 건 그만한 가치가 있는 것이지 않은가?

연애도 확실히 적당한 게 좋다

그날도 여느 때와 같이 맛있는 술안주를 찾아 하이에나처럼 밤길을 거닐던 중이었다. 처음 보는 상호의 곱창집을 발견! 새로 오픈한 집이라는데 세검정 쪽에서 유명한 곱창집인데 드디어 우리 동네에도 오픈했다는 말에 홀린 듯이 들어갔다.

가격도 저렴하고, 심지어 메뉴를 1인분씩 시킬 수 있다는 말에 눈이 번쩍! 홍곱창과 백곱창을 주문하고 기다렸다. 드디어 나온 곱창. 그런데 뭔가 다르다. 곱창이라는 게 좀 아재 느낌의 음식인데 전체적인 느낌이 트랜디하다. 트랜디한걸 싫어하는 바는 아니지만 대게 트랜디한 건 모양은 괜찮아도 맛은 영 신통치 않은 경우가 많아 불신을 한가득 안고 입에 넣어본다.

트랜디한 건 역시나 인스타에 올리긴 좋아도 맛은 딱 청정원 휘슬링쿡 정도다. 자고로 곱창이란 입에 넣기 전부터 "이걸 먹어도 정말 괜찮을까?" 싶을 정도로 기름이 뚝뚝 떨어지고, 입에 넣었을 때 "와, 그냥 오늘은 혈관에 콜레스테롤 좀 껴도 괜찮아!" 하는 느낌이 들 정도로 입안에서 지방의 고소함이 폭발해야 하거늘. 기름지긴커녕 담백하고 잘 구워진 돼지껍데기 마냥 쫄깃하다.

맛이 없지는 않다. 1차는 좀 그렇고, 1차로 식사를 하고 2차로 소주로 달리기를 시작하기 적당한 정도의 맛이긴 하다. 그런데 곱창이잖아. 곱창. 곱창을 누가 건강해지려고 먹냐고. 건강을 해치더라도 폭발하는 지방 味가 있어야지. 기름기가 좀 빠졌다고 곱창이 건강한 음식은 또 아니잖아.

그러다 문득 최근 상담 중에 나눴던 대화가 떠올랐다. 그녀는 연애가 너무 어렵고 힘들고 아프다고 말했고, 나는 그녀에게 이렇게 말해줬다. "많은 사람이 연애나 사랑이 힘들고 아프다고 말하는데 그건 다 소유욕 때문이에요. 사람들은 다들 소유욕을 사랑이라고 착각해요. 하지만 소유욕은 어디까지나 자기중심적인 욕망이지 사랑이라고 할 수 없어요. 건강한 연애와 사랑을 위해서라면 소유욕은 사랑에서 빠져야 할 가장 첫 번째입니다."

그녀는 내 말을 듣고 맞는 말이라고 말은 했지만 뭔가 개운하지 못한 표정이었는데 지금 생각해보니 내가 말하는 건강한 연애라는 게 기름지지 않은 곱창쪼가리 같단 생각이 들었다. 기름진 곱창과 담백한 곱창 둘 중에 어느 쪽이 그나마 건강에 좋을까를 따지자면 당연히 담백한 곱창일 거다. 그런데 곱창이 뭔가? 폭발하는 지방 味를 즐기는 대표적인 길티플레져 음식이 아니던가? 그런데 건강을 위해 담백한 곱창을 먹는다니 무슨 몸에 좋은 소주 찾는 소리인가?

분명 소유욕 없는 연애가 더욱 건강하고 안정적인 연애법일 수는 있겠지만 그게 익숙하지 않은 사람들에겐 담백한 곱창을 먹는 느낌이겠구나. 생각이 여기까지 미치니 조금씩 머리가 복잡해진다.

그래, 뭐든 적당한 게 좋은 거구나. 음식을 먹는다는 게 단지 건강과 에너지 보충을 위한 것이 아니며 때론 건강에 좋지 않아도 맛을 즐기기 위한 음식도 필요한 것처럼 연애 또한 가끔은 관계를 해치고 고통을 줄 수 있어도 달큰한 연애의 맛을 느낄 수 있는 소유욕을 추구하는 순간도 필요한지도 모르겠다. 하지만 명심하자. 음식이든 연애든 기본적인 방향은 건강이 우선이고 맛은 그 나중이란 걸 말이다.

연애, 따질 거면 제대로 따지자

동네 맛집을 제외하고 가장 많이 찾아간 맛집을 고르라면 아마 공덕 족발집을 고를 거다. 여기 공덕 족발집은 내게 거의 마음의 고향 같은 곳인데 (고작 족발집이 마음의 고향이라니) 따로 세어보지는 않았지만, 요즘에도 분기별로 한 번씩은 들리는 것 같다.

대학교 땐 돈이 없어서, 잠깐 회사생활을 할 땐 맛 때문에, 지금은 추억과 분위기 때문에 문지방이 닳도록 들락날락했던 곳이다. 싸고, 양 많고, 거기에 무한 순대와 순댓국 리필이니 더 이상 무엇을 바랄까?

이날도 나를 위해 월차까지 내준 친구 녀석과 가볍게 서울 밤거리를 쏘다니다 너무나 자연스럽게 핸들을 공덕으로 돌렸다. 여전히 싸고, 많고, 만족스러운 구성의 족발 한 상을 앞에 두고 생각에 잠겼다. "분명 옛날에는 가슴을 뛰게 하는 족발이었는데, 뭔가 부족하다는 생각이 드는 건 왜일까?"

생각해보면 맛만 따지자면 족발은 유명 프랜차이즈 족발들이 조금 더 나은 편이고, 순댓국은 이것 하나로 돈 받고 팔긴 애매한 맛이며 순대는 포장마차 순대 맛에 간은 퍽퍽 그 외 부속물은 질기다. 떡볶이? 이건 말을 말자. 결국, 하나하나 따지고 보면 그다지 권할 만한 맛집은 아닌데.라는 생각이 드는 찰나 궁시렁대는 내게 친구 녀석이 일침을 놓는다.
"26,000원짜리 족발 시켜놓고 뭘 그렇게 따지는 게 많냐?"

무엇인가를 따진다는 것 자체는 나쁜 게 아니다. 우리에겐 시간과 에너지 그리고 자본 등의 자원이 한정적이니 될 수 있으면 내가 가진 자원으로 최대한의 행복을 누리고자 하는 것은 자연스러운 본능이다. 다만 무엇인가를 따진다면 어떤 절대적인 기준으로 매 요소요소를 평가할 게 아니라 그것이 내게 주는 행복의 총합을 따져보는 것이 맞다.

공덕 족발을 하나하나 따져보자면 그다지 만족스럽지만은 않지만, 그 모든 것을 26,000원에 누릴 수 있고 2차로 바로 옆 전집으로 연계가 가능하다는 것까지 따져본다면 자연스레 쌍 따봉이 나오는 것처럼 말이다. (이게 뭐라고 이렇게 진지하게 얘길 하는지.)

우리는 말로는 "말만 잘 통하면 되죠."라며 자신은 이성을 볼 때 그다지 따지지 않는다고 말은 하지만 실제로는 어마어마하게 많은 것들을 따지고 있다는 걸 인정해야 한다. 외모, 학벌, 직업, 키, 몸매, 성격, 유머 그 외 개인만의 여러 지표들을 우리는 본능적으로 따지고 계산하곤 한다. 이 자체가 잘못은 아니다. 충분히 그럴 수 있는 것이고 그래야만 하기도 한다. 족발이야 오늘은 여기서 먹고 내일은 다른 데서 먹을 수 있지만, 연애는 그래도 당분간 한 사람만 하게 될 확률이 높으니 말이다.

그러다 보니 누군가를 만나게 되었을 때 그 사람의 매력보다는 "다 좋은데 키가….", "말이 너무 없어서 말이지….", "직업이 좀…."이라며 아쉬운 점에 대한 생각에 잠기기 쉽다. 앞서 말했듯 따지는 것 자체는 문제가 없다. 다만 아쉬운 것들만 생각할 게 아니라 그 사람이 내게 줄 수 있는 행복의 총합을 생각해 본다면 전혀 다른 느낌으로 다가올 수도 있다.

"키는 좀 작지만, 성격이 잘 맞네?", "재미는 없어도 능력이 좋으니….", "직업은 좀 그렇지만 외적으론 딱 내 이상형!" 등으로 말이다. 단순히 상대의 장점을 보려고 노력하라는 게 아니다. 계산을 할 거면 마이너스만 할 게 아니라 플러스 마이너스를 제대로 하라는 거다.

슬픔도 결국엔 추억이 된다

페르세우스 유성우를 보겠다고 다음날 출근하는 녀석을 끌고 파주 임진각까지 갔다가 보기 좋게 허탕을 치고 찾은 75년 역사를 자랑하는 종로의 따귀집. 따귀집이라고 해서 손님의 따귀를 때리는 건 아니고 호주산 소의 목뼈와 엉치뼈 등을 삶아주는 메뉴로 여기선 따귀라고 부른다.

문제는 워낙 인기가 많아서 시간을 잘 맞춰가지 않으면 먹기가 어렵다는 건데 이날도 시간을 맞추지 못해 결국 꼬리찜을 먹기로 했다. 아, 네 뭉텅이에 4만 원이라니. 아무리 소꼬리라도 호주산인데 좀 사악한 가격이 아닌가 싶지만 그래도 시간을 제대로 맞춰가지 못한 사람의 실수지.

하여간 둘이서 우울한 이야기와 소꼬리찜을 안주로 소주를 홀짝이기 시작했다. 여자 친구와 결혼을 앞두고 여자 친구 쪽 부모님의 허락을 받지 못해 결국 헤어지기로 한 녀석의 우울한 이야기들은 가뜩이나 기분 꿀꿀한 나를 더더욱 우울하게 만들었다. (아마 그 녀석이 계산한다고 안 했으면 30분쯤 들어주다 일어났을지도 모르겠다.)

한참을 소꼬리찜과 소주로 우울함을 달래고 있었는데 옆 테이블에 앉아계시던 노신사 한 분이 말을 걸어오셨다. "친구 둘이서 왔나 봐요? 나도 청년들만 할 때 친구들이랑 여기서 한잔하며 웃기도 하고 울기도 했는데. 다 잘 될 겁니다. 힘내세요."

노신사의 말엔 분명 따뜻함이 느껴졌지만, 솔직히 그때 나는 속으로 "잘 되긴 뭐가 잘 돼. 이 자식은 여자 친구랑 결혼할 줄 알고 혼자 집까지 구해놨는데 이제 와 이렇게 파혼을 당했는데 저걸 위로라고 하는 건가?"라며 노신사의 말을 고깝게 들었다.

소꼬리찜 네 덩이와 파국 두 그릇 그리고 소주 3병을 순식간에 해치우고 집으로 돌아오는 차 안에서 문득 노신사의 얼굴이 떠올랐다. 파혼당하고 세상이 무너진 것처럼 우울해하는 사람에게 위로를 건넨 그 노신사의 미소에는 뭔가 묘한 구석이 있었기 때문이다. 꼰대의 주제넘은 참견이라기보다는 뭔가 따뜻한 위로와 함께 부러움도 같이 느껴졌다. 아니 파혼당한 게 부러울 수도 있나?

한참을 생각해보니 부러울 수도 있을 것 같았다. 아니 적어도 나는 부러워했다. 매일 연애 때문에 힘들다는 사람들의 이야기를 듣다 보면 안타까울 때도 있지만, 때론 "나도 한땐 연애 때문에 저렇게 세상이 무너질 만큼 괴로워했을 때가 있었는데."라며 나도 모르게 그들을 부러워할 때가 있었다.

우리에게 감정은 희로애락 4가지가 있지만 많은 사람들은 '희'와 '락'만 좋아하는 경향이 있다. '로'와 '애'는 마치 질병이라도 되는 듯 피하려고만 하고 '로'와 '애'를 느낄 때면 세상의 모든 불행을 껴안은 것처럼 괴로워한다. 하지만 감정이란 희로애락 모두 삶에 영감을 주고 삶을 풍요롭게 해주는 요소다.

가만히 당신이 힘들었던 때를 떠올려보자. 시험에 떨어지고, 이별하고, 믿었던 사람에게 배신을 당하고 그때 당시엔 죽을 만큼 힘들었겠지만, 당신이 그것을 잘 이겨냈다면 그것은 짠 내 나지만 자꾸 당기는 술안주가 되어있을 것이다. 그래 결국 슬픔도 아픔도 잘 이겨내고 시간이 지나면 추억이 되는 거다.

당신이 연애 때문에 괴롭다면 충분히 아파해도 괜찮다. 당신이 충분히 아파하고 그것을 잘 이겨낸다면 그것은 추억이 되어 당신의 삶을 좀 더 풍요롭게 해주고 나름의 영감을 줄 것이니 말이다. 그리고 한참 지나 그 시절 당신이 느꼈던 아픔으로 괴로워하는 사람을 봤을 때 따귀집의 노신사처럼 심심한 위로를 건네며 내심 부러움을 느낄지도 모를 일이다.

연애를 꼭 정석대로 해야 할까

베트남에서 가장 경악하였던 일을 꼽으라면 단연코 친구 녀석이 나에게 의사를 묻지 않고 맥주잔에 얼음을 가득 채운 일을 꼽을 것 같다. 아니 가뜩이나 밍밍한 베트남 맥주인데 거기에 얼음을 조금도 아닌 한가득 넣으면 대체 무슨 맛으로 맥주를 마신단 말인가?

아니나 다를까! 얼음을 가득 넣은 맥주는 청량하긴 하나 밍밍의 수준을 넘어 맥주가 아닌 보리 음료에 가까웠다! 나는 이 만행에 대해 그 녀석에게 이건 맥주에 대한 예의도 아니고 모독이라며 길길이 날뛰었는데 그 녀석은 그런 나의 분노는 아랑곳하지 않고 "야. 여기선 다 이렇게 마셔. 막상 마시다 보면 얼음 없이는 맥주 못 마실걸?"이라고 하는 게 아닌가?

대체 얼음을 가득 넣은 맥주가 무슨 매력이 있다고 저러는 걸까 못마땅했지만 뭐 베트남에서는 다들 이렇게 마신다니 일단은 따라보기로 했다. 하루 그리고 이틀 밍밍한 맥주를 마시다 보니 사흘째부터는 조금씩 얼음 가득한 맥주의 참맛을 알게 되었다.

분명 얼음을 넣어 맥주가 밍밍해졌지만, 덕분에 다른 맥주와는 비교할 수 없는 청량감이 느껴졌고, 덥고 습한 베트남의 기후 속에서 마시니 그 청량함은 이루 말할 수 없을 정도였다. 또한, 밍밍한 덕분에 생수 마시듯 들이켜도 쉽게 취하지 않으니 어딜 가든 앉은 자리에서 각 맥주 3병은 기본이고 아침 점심 저녁까지 계속 마셔도 숙소로 돌아갈 즈음 기분 좋게 취하는 그 기분이 참 일품이었다.

그렇게 얼음을 잔뜩 채운 맥주의 매력에 빠져버린 나는 한국에 돌아가면 바로 제빙기를 구매하여 매일 밤 얼음을 잔뜩 채운 맥주를 마시겠노라 다짐했다. 하지만 막상 한국에 돌아오고 나니 나는 또다시 밍밍한 맥주를 극히 혐오하며 7대 3의 황금 비율의 소맥을 선호하게 되었다.

그래, 결국 뭐든 꼭 이래야 하는 건 없는 거다. 맥주에 얼음을 많이 넣든, 소주를 많이 타든, 중요한 건 어떤 것이 옳은지 따지는 게 아니라 현재 상황에서 내가 좀 더 행복할 수 있는 방법에 대해 유연하게 생각하고 대처하면 그만이다.

그런 면에서 요즘 연애 관련 글들을 보면 조금 불편한 기분이 든다. 나와 생각이 달라서가 아니라 "연애는 이게 정석이야."라고 정해놓고 그 외의 연애 방식에 대해서는 부적절한 연애로 치부해 버리는 경우가 많아서다.

"헤어졌는데 연락을 해? 그건 사랑 아냐! 헤어져!", "애매하게 행동해? 그것도 진짜 사랑 아냐 만나지 마!", "연락이 줄었어? 사랑이 식었네! 뭐 하러 만나!" 등의 글들을 읽고 있으면 나도 모르게 미간에 주름이 생기고 입술에 힘이 들어가며 보수적이고 완고한 사람이 되어가는 기분이 든다.

물론 그것이 잘못되었고 나쁘다고 주장하고 싶은 건 아니다. 다만, 연애든 삶이든 행복은 그 사람이 얼마나 유연한 사고방식을 가졌느냐와 매우 밀접한 관계가 있다고 나는 생각한다.

혹시 연애하며 지나치게 스트레스를 받는다고 느낀다면 스스로 연애에 대해 너무 경직된 사고를 하고 있지 않나 생각해보자. 맥주에 얼음을 넣는다고 큰일이 나지 않는 것처럼 그리고 때로는 밍밍한 맥주가 어울리는 때와 장소가 있는 것처럼 연애도 조금 유연하게 생각하고 행동한다고 큰일이 일어나지는 않는다. 오히려 조금 유연하게 생각했을 때 생각지 못 한 즐거움과 행복을 느낄 수도 있고 말이다.

남자 친구의 거짓말을 속아줘야 하는 이유

"이거 먹어봐, 이게 요즘 여기선 핫한 거야~"라는 말을 듣는 순간부터 불길했다. 이 친구가 내게 뭘 먹으라고 권한 적은 고등학교 때부터 지금까지 이번이 처음이며, 둘이서 간단히 맥주를 마시기로 해놓고 안주를 세 개씩이나 시킨 것도 수상하다.

무엇보다 음식의 모양새가 평범과는 거리가 멀다. 흙내가 나는듯한 뭔가의 뿌리가 한가득에 그 안에는 졸복을 튀긴듯한 튀김이 마치 허니콤보의 때깔을 하고 담겨 있었다. 분명 처음 보는 비주얼인데 나는 0.1초 만에 그게 개구리 튀김임을 직감했다.

순간 움찔했지만 나는 당황한 티를 내지 않으며 개구리 뒷다리를 집어 능숙하게 오이와 쌈을 싸서 입에 넣었다. 내 생에 첫 개구리 튀김은 강렬했다. 정체 모를 뿌리들은 삼채처럼 쌉싸름했고 개구리 튀김은 육즙 가득한 닭 다리의 느낌이었다.

맛은 특별히 인상적이지 않지만 정체 모를 뿌리와 개구리 튀김을 씹고 있자니 자꾸 머릿속에서 수초 가득한 연못을 유영하는 개구리가 떠올라 혼란스러웠다.

하지만 나의 표정 연기는 리얼했고 누가 봐도 맛

깔나게 허니콤보를 즐기는 모습이었기에 그 녀석은 세상 즐거운 얼굴을 하고 나를 빤히 보다가 지금 씹고 있는 게 개구리 다리임을 알려줬다. (악마 같은 녀석. 내가 서너 개 먹을 동안 아무 말도 안 하다니.)

내가 그 녀석의 뻔한 장난을 속아준 이유는 간단하다. 내가 "이거 개구리 튀김이잖아?!"라고 한다고 "역시 미식가라 바로 알아보는군?"이라며 미식가로 인정받는 것도 아니고, 이왕 시킨 안주를 개구리 튀김이라고 입에도 안 대고 버릴 것도 아닌데 이왕 먹을 거라면 모른 척 속아줘서 그 녀석이 즐거운 편이 좀 더 낫지 않은가?

누군가가 내게 거짓말을 한다면 특히 그 누군가가 남자 친구고 여자 친구라면 그걸 추궁하고 진실을 밝혀내기보다는 모른척하자. 상대가 내게 거짓말을 했다는 건 그게 무엇이 됐든 내게 말해주기 싫다는 것이니 추궁해봐야 변명을 하고 억지를 부리며 인정을 하지 않을 확률이 높다.

또한, 끝내 진실을 밝혀낸다고 해도 상대에게 위자료를 받아낼 수 있는 것도 아니고, 그 진실을 밝혀내는 과정을 통해 관계만 깨지고 무너질 뿐이다. 상대를 무조건 믿으라는 게 아니다. 상대가 내게 뭔가를 속이고 있다는 직감이 들면 추궁할 필요 없이 "아. 뭔가 있구나?" 하고 알아두면 된다.

상대의 거짓말을 추궁할수록 상대는 좀 더 그럴듯한 거짓말을 만들기 위해 궁리를 할 것이고 거짓말을 포착하기 더 힘들어질 뿐이다.

사소한 거짓말들을 그냥 알아두고 넘긴다는 건 내가 손해 보는 일이 아니라 상대의 거짓말 징후들을 수집하여 정말 중요한 순간을 대비하는 일이다. 마치 세계 2차대전에서 연합군이 독일의 암호체계인 에그니마를 풀어놓고도 모른 척했던 것처럼 말이다.

상대의 사소한 거짓말들을 상대의 길티플레져라고 여기며 모른 척 넘길수록 중요한 거짓말을 포착할 확률이 올라가고 또 상대와의 관계가 좀 더 매끄러워질 수 있다면 기꺼이 상대의 거짓말을 모른 척해줄 수 있는 것 아닐까?

이별하고 나면 가슴이 아픈 이유

마치 2002년 월드컵 시절을 연상케 하는 술판이 매주 이 호프집에서 벌어지고 있지만 나는 요즘 호프집을 찾을 때면 흥이 돋기보다는 슬픔이 앞선다.

10여 년 전 이곳에서 나는 뭘 좀 아는 남자였다. 막 퇴근한 여자 친구를 데리고 동원 집에서 감잣국으로 배를 채우고 호프집에서 생맥주와 노가리로 입가심하며 왜 이 호프집 맥주가 맛이 있는지, 그리고 노가리가 어쩌다 맥주 안주가 되었는지에 대해 음식 칼럼니스트라도 된 듯이 거드름을 피우며 이야길 했다.

그러면 그녀는 그런 나를 진심으로 대단하다는 표정으로 내 이야길 들어줬고 나는 그녀 덕분에 이곳 호프집에서 뭘 좀 아는 남자가 되었다. 10년 전의 호프집도, 그녀도 그땐 영원히 내 것인 줄 알았는데 둘 다 이젠 남의 것이 되었다. (호프집은 레트로 감성을 즐기는 인싸들에게 빼앗겼고 그녀는 나보다 책임감 있고 안정적인 남자에게 빼앗겼다.)

하지만 내가 축제 분위기의 호프집에서 맥주와 노가리를 앞에 두고 슬픔을 느끼는 건 내 것을 남에게 빼앗겼기 때문이 아니다. (오히려 가야 할 사람에게 갔다는 쪽에 가깝다.) 내가 슬픔을 느끼는 건 10년 전엔 영원히 내 것일 줄 알았던 것들이 지금 와서 생각해보니 애초에 내 것인 적이 없었다는 사실을 깨달았기 때문이다.

따지고 보면 호프집이든 그녀든 둘 다 자신만을 위한 삶을 살아가는 것이지 나를 위해 존재한 적은 없었다. 단지 한때 내가 자주 그 옆에 있었던 적이 있었을 뿐이다.

그렇다, 이별이 아프고 쓰린 건 사랑하는 사람을 잃어서가 아니다. 그동안 당연히 상대에게 나는 영원히 특별한 존재일 거라 생각했는데 지나고 보니 그저 잠시 곁에 있었던 존재였다는 초라한 사실을 직면하게 되기 때문이다.

이걸 머리로는 이해 못 하면서도 몸으로 느끼는 거다. 그러니 가슴이 찢어지는 것 같고 숨을 쉬기가 어렵고 눈물만 나는 거다.

하지만 생각해보면 호프집이든, 사람이든 나를 위해 영원히 변하지 않아 주길 바라는 건 지나친 욕심이고 불가능이다. 호프집이든, 사람이든 다들 자기만의 삶이 있으니 말이다.

결국, 이별을 하고 아프고 힘이 드는 건 상대가 나

를 위해 영원히 변하지 않아 주길 바란 대책 없는 나의 이기심 때문이다.

결혼 적령기에 결혼을 한다는 것

방어 철을 그냥 보낼 수 없어 방어회로 유명한 연남동 바다회사랑에 들렀다. 정확히는 대학 동기 녀석의 여자 친구가 내 글을 읽은 적이 있다며 한번 보고 싶어 한다고 하길래 얼굴을 비추고 분위기를 띄워주는 대가로 제철 방어회를 얻어먹기로 했다.

이제 막 연애를 시작한 연인들의 꽁냥거림을 보는 건 배가 아프고 속이 뒤틀리는 일이 되겠지만 제철 방어회는 분명 그만한 가치를 한다는 것에 이의가 있는 사람은 드물 거다. 결론적으로는 둘 다 꽤 괜찮았다.

몇 주 전부터 대학 동기 녀석이 정말 결혼하고 싶은 사람이라고 말하던 그녀도, 제철 대방어회도 둘 다 각자 다른 이유로 꽤 괜찮았다.

대학 동기 녀석이 정말 결혼하고 싶은 사람이라고 소개한 그녀는 지적이면서도 편협하지 않고 하나의 상황을 여러 시각에서 볼 줄 아는 멋진 여성이었다.

그 녀석이 지금껏 내게 소개한 여자 친구들 모두 매력적인 여성들이었지만 이분은 그냥 매력적이기만 한 게 아니라 그 녀석에게 결핍된 것을 채워줄 수 있는 그 녀석에게 꼭 필요한 여성이라는 점에서 달랐다. (그녀의 수준을 맞추려면 책 좀 읽으라고 그렇게 말했건만. 잘 읽고 있는지 모르겠다.)

그리고 (가장 중요한) 대방어회는 제철을 맞아 잔뜩 기름기를 품은 데다가 두툼하게 숭덩숭덩 썰려있어 마치 기름진 절편을 씹는듯한 식감이 예술이었다.

방어의 제철은 다들 알다시피 11월부터 2월이다. 제철을 맞은 방어는 지방질이 많고 근육 조직이 단단해져 맛이 뛰어나다고 하는데 지방질이 많아지고 근육 조직이 단단해진다는 말이 어째 모순처럼 다가오지만 이건 뭐, 넘어가도록 하자.

하여간 제철 방어에 흥분한 나는 꽁냥거리는 커플에게 몇 해 전 제주도에서 먹은 제철 방어회에 대한 간증을 늘어놓다가 문득 이런 생각이 들었다. "내가 겨울 말고 방어회를 먹어본 적이 있던가?"

생각해보면 나뿐만이 아닐 거다. 겨울 말고 방어회를 찾아 먹는 사람이 몇 명이나 될까? 분명 대개의 사람은 제철이 아닌 방어회를 먹어본 적이 없을 텐데 너무나 당연한 듯이 제철 방어가 맛있다는 이야기를 공유하고 있다니 뭔가 좀 이상한 기분이 들지 않나?

물론 여름 방어는 개도 안 먹는다는 말도 있고 방

어가 겨울철에 지방질을 축적하며 여름 방어보다 좀 더 기름지다는 게 객관적인 사실이긴 하지만 사람에 따라 여름 방어가 더 입에 맞을 수 있고 그렇다면 그 사람에게 제철 방어는 여름 방어가 되는 게 아닐까?

방어의 제철이 겨울이냐 여름이냐를 따져보자는 게 아니다. 어떤 것에 대해 내가 경험해보고 또 깊게 생각해보지 않고 남들이 하는 말을 지나치게 맹신하고 있었다는 사실에 조금 어색한 기분이 든다는 거다.

연애에도 방어처럼 제철이라고 불리는 시기가 있는데 바로 결혼 적령기다. 방어처럼 정확한 기준이 있는 건 아니지만 대충 20대 후반에서 30대 중반까지를 결혼 적령기라고 부르는데 이 또한 방어의 제철처럼 따져보면 허무하기 짝이 없다.

임신과 육아의 기준에서 보면 객관적으로 이때를 결혼 적령기라고 보는 게 맞겠지만 이런 객관적인 기준들이 우리의 행복을 보장해주는 것은 아니지 않은가?

따지고 보면 결혼 적령기와 결혼 적령기가 아닌 때에 모두 결혼을 해본 사람도 드물고, 사람에 따라 선호하는 취향이 갈릴 여지도 충분하다.

누구는 딱 결혼 적령기에 하는 게 행복할 수 있지만 어떤 사람은 그보다 일찍 결혼해서 안정을 찾는 게 좋을 수도 있고, 또 어떤 사람은 솔로로 누릴 수 있는 걸 모두 누리고 나서 늦은 결혼을 해야 행복할 수도 있고 말이다.

그러니 방어든 결혼이든 남들이 말하는 제철이라는 말에 지나치게 영향을 받지 말자. 중요한 건 각자의 취향과 상황이지 객관적인 사실이나 다수의 선호도가 아니니 말이다.

결혼을 방어처럼 이것도 먹어보고 저것도 먹어보며 비교하고 분석할 수는 없겠지만 충분한 시간을 들여 남들이 말하는 결혼 적령기가 아닌 지난 나의 삶 속의 여러 선택과 경험들을 곱씹어 본다면 나에게 맞는 나름의 결혼 적령기를 찾아낼 수 있지 않을까?

여자 친구에게 소홀해지는 남자들의 심리

노원에서 술 좀 마셔본 사람이라면 한 3차쯤엔 어김없이 또와 순두부 수제비에 들리게 된다. 번화가에서 조금 외진 곳에 있지만 늦은 새벽까지 영업하고 순두부 수제비를 시키면 계란말이를 서비스로 주는 파격적 서비스에 노원 주당들의 아지트가 되었다.

그러다 보니 주말 늦은 밤이 되면 또와 순두부 수제비는 노원에서의 마지막을 불태우는 청춘들로 가득해진다. 라떼는 소주잔에 오이를 넣어 마시곤 했는데 요즘의 노원 인싸들도 그러는지 궁금하다.

하여간 노원 주당들의 아지트 또와 순두부 수제비가 몇 해 전 수유에 문을 열었다. 푸짐하고 얼큰한 순두부 수제비의 맛도 양도 그대로, 서비스로 나오는 계란말이도 그대로지만 분위기는 사뭇 다르다. 노원 또와 순두부 수제비는 주말엔 자리 잡기도 어려운데 수유는 언제 가든 한산하다. 맛도 양도 서비스도 그대로인데, 이건 무슨 조화일까?

생각해보면 어떤 일이든 잘되기 위해서는 계산하기 힘들 정도로 수많은 조건에 영향을 받는다. 노원 또와 순두부 수제비가 잘 될 수 있었던 건 따지고 보면 특출난 맛 때문은 아니다. 새벽 영업, 저렴한 가격, 푸짐한 서비스, 오랫동안 노원 주당들의 아지트라는 지위를 유지한 프리미엄 등이 있었기에 많은 사람이 찾았던 거다.

그래서 나는 연애를 시작하고 서너 달쯤 지나 여자 친구에 대한 이런저런 불평불만들을 늘어놓는 녀석들에게 또와 순두부 수제비에 대해 이야기 하며 이렇게 말을 한다 "됐고, 더 사랑해줘."

모든 남자가 그러는 건 아니지만 많은 남자들이 연애를 시작하고 서너 달이 지나면 근거 없는 자신감이 조금씩 싹트기 시작하며 여자 친구에 대한 불만들을 토로하기 시작한다. 예를 들면 여자 친구가 너무 구속한다거나, 답답하다는 식이다.

가만히 들어보면 같은 남자로서 공감이 되는 부분이 있으면서도 뭔가 여자 친구가 자길 너무 좋아한다는 식의 묘한 거만함이 묻어난다.

뭐 그럴 수도 있다. 썸탈땐 도도하기만 하던 그녀가 연애를 시작한 후 나를 보며 더 많이 웃고, 조금씩 연락 횟수에 신경을 쓰고, 쉽게 서운해하는 모습을 보이니 뭔가 여자 친구에게 내가 대단한 존재인 것 같고 자연스레 내가 옴므파탈이 된듯한 기분이 들 수 있다.

이런 근거 없는 자신감이 조금씩 커지다 보면 쭈글이 예스맨이었던 시절을 까맣게 잊고 여자 친구의 행동에 조금씩 불만을 품다 가끔 여자 친구가 아닌 다른 여자를 바라보며 '만약….'이라는 망상을 품기도 한다.

이런 기분의 올바른 활용은 가끔씩 여자 친구의 투정을 받아주다 지칠 때 "그래, 여자 친구가 나를 얼마나 사랑하면 저러겠어. 매력남의 삶이란!"이라며 잠시 자기도취에 빠져 에너지를 충전하는 것이다.

하지만 자기 객관화를 잃고 근자감에 잔뜩 취해 허우적거리다 보면 여자 친구에게 차이고 나서 한밤중에 "자니?" 문자나 보내는 진상 전 남자 친구가 되기 십상이다.

여자 친구가 당신을 많이 좋아하는 것 같고 구속과 간섭이 심한 것은 당신이 너무 매력적이라 당신 없이 살 수가 없다는 말은 아니다. 여자 친구가 당신을 많이 좋아해 주는 것은 원래 그녀의 성향과 연애 스타일 때문이고 여자 친구가 당신을 구속하고 간섭을 하는 건 당신의 옴므파탈 매력 때문이 아니라 썸탈때 당신이 날렸던 공수표가 모조리 부도가 난 것에 대한 분노인 경우가 태반이다.

차이기 싫으면 여자 친구에게 충성을 다하고 뭐든 다 맞춰줘야 한다는 건 아니다. 다만, 여자 친구가 나를 많이 좋아하는 것 같다고 해서 그게 내가 매력적인 탓이라고 생각하며 자기 객관화를 잃고 나중에 후회하지 말라는 거다.

명심하자. 당신이 여자 친구에게 사랑받고 구속을 당하기까지에는 당신이 생각지도 못했던 수많은 조건과 우연들이 관여했고 이 모든 것들은 다른 여자들에게는 해당되지 않는다!

데이트할 때
가끔 고집을 부려야 하는 이유

오늘처럼 비가 쏟아지는 날이면 내 머릿속은 종로5가 광장시장으로 가득하다. 시장 초입부터 풍겨오는 빈대떡 부치는 고소한 기름 냄새와 전집 앞에 늘어선 사람들, 그리고 시장 안을 가득 채우는 사람들의 이야기 소리를 떠올리며 나는 광장시장 파트너를 찾기 위해 바삐 연락을 돌리기 시작한다.

하지만 대개 반응이 시큰둥하다. 비가 와서 나가기 싫고, 멀어서 귀찮고, 사람이 너무 많을 것 같아서 싫다며 손사래를 친다. 그러면 나는 비 오는 날 광장시장에 가서 순희네 빈대떡을 먹고 창신 육회를 먹고, 마지막으로 종로3가 포장마차를 가야 하는 이유를 설명한다.

이 설명에는 내 머릿속에 있는 거의 모든 긍정적인 미사여구들이 총동원되는데 사실 내 설명 때문이 아니라 내가 하도 같이 가자고 매달리니까 마지못해 동참해준다는 건 알고 있다.

하지만 막상 비 오는 날 특유의 꿉꿉함과 많은 인파 속에 치이는 불쾌함을 감내하고 자리에 앉아 빈대떡을 앞에 두고 막걸리 뚜껑을 따고 나면 그들은 내가 설파했던 비 오는 날 광장시장의 세계에 흠뻑 빠지기 시작한다.

처음엔 뒤에 앉은 사람과 등을 마주 대고 있어야 할 만큼 비좁아 불편하고, 앞에 앉은 사람의 목소리가 잘 들리지 않을 만큼 시끄럽다. 하지만 고소하고 바삭한 빈대떡을 입에 넣고 걸쭉한 막걸리를 한 사발 하고 나면 이곳은 어느새 어느 축제 현장의 한가운데가 된다.

상대방이 적당히 취기가 올라오고 흥이 돋은 것 같으면 빨리 창신 육회로 이동해야 한다고 말을 한다. 딱! 이쯤 일어나서 창신 육회로 이동해야 기다리지 않고 적당한 분위기의 창신 육회를 즐길 수 있다고 덧붙인다. 그러면 상대는 일리가 있다는 듯 고개를 끄덕이며 자리에서 일어나 나를 따라 창신 육회로 이동을 한다.

사실 창신 육회에서는 뭐가 얼마나 맛있는지를 느끼기가 힘들다. 이미 시끌벅적한 순희네 빈대떡에서 기력을 소모하고 빈대떡과 막걸리로 기분 좋게 취기가 오른 상태이기 때문이다. 맛을 잘 느낄 수는 없지만, 육회와 소주를 마시며, 때에 따라 간과 천엽까지 곁들여 기분 좋은 취기를 더하다 보면 어느새 우리는 종로3가를 향해 걷고 있다.

처음엔 군소리 없이 따라오다가도 세운상가쯤 오

면 비 오는 날에 무슨 산책이냐며 불만을 토로하는데 이땐 진지한 표정으로 "쉿! 조용히 해봐! 야 이렇게 밤중에 빗소리를 들을 날이 얼마나 있겠냐? 그리고 조금만 더 가면 술이 좀 깰 때쯤 딱! 포차에 도착한다니까!?"라고 말한다. 그러면 상대는 또 뭔가 말이 된다는 듯 조용히 빗소리에 귀를 기울인다.

그렇게 도착한 종로3가 포장마차에서 꼼장어를 놓고 소주잔에 소주를 따르고 있으면 기분 좋은 여운이 감돈다. 마치 연말 콘서트에서 한껏 소리를 지르고 나온 느낌이다. (아마도 빗소리 때문일 거다.) 이렇게 비 오는 날 순희네 빈대떡, 창신 육회, 종로3가 포장마차를 거치고 나면 묘하게도 그날의 기억이 둘만의 추억이 되는 경우가 많다.

비 오는 날의 순희네 빈대떡, 창신 육회, 종로3가 포장마차가 특별히 멋진 탓도 있지만, 무엇보다 평범한 술자리가 추억이 될 수 있었던 건 내가 별것도 아닌 것에 의미를 부여하며 고집을 피웠기 때문이다. 객관적으로 따져보면 별 볼 일 없는 이유도 한쪽이 확신에 가득 찬 눈으로 대단한 의미가 있는 것이라고 말을 하면 다른 한쪽은 자기도 모르게 별 볼 일 없는 것에서 대단한 이유를 찾게 된다.

물론 매번 고집을 피우는 건 곤란하겠지만, 연애를 하며 추억을 만들고 싶을 때는 가끔씩 고집을 피울 필요가 있다. 비오니까 광장시장, 싸웠을 땐 서촌, 뭔가 새로움이 필요할 땐 이태원. 이런 식으로 뻔한 데이트도 어떤 의미를 부여하기 시작하면 신기하게도 별 볼 일 없는 데이트가 뭔가 대단한 의미가 있는 데이트가 되고 그날의 기억이 추억으로 남게 된다.

어떻게 의미를 부여해야 할지 모르겠다면 우선 비 오는 날의 광장시장부터 시도해보자. 친한 친구를 불러 8시에 순희네 빈대떡 9시 반쯤 창신 육회 11시 종로3가 포장마차의 순으로 투어하듯 일정을 소화해보자. 그러면 내가 왜 비만 오면 광장시장 파트너를 찾는지 감이 오고 또 별 볼 일 없는 것에 의미를 부여한다는 것이 무엇인지 막연하게나마 느낄 수 있을 테니 말이다.

연애를 시작하기 전에
꼭 따져봐야 하는 궁합

베트남 무이네 여행의 꽃은 누가 뭐라고 해도 배 터지게 해산물과 맥주를 뱃속으로 밀어 넣는 일이다. 물론 화이트 샌듄에서의 일출과 레드 샌듄에서 맞는 낙조도 환상적이었지만 어디까지나 저녁의 해산물 파티를 위한 여흥에 불과하다.

이런저런 것들로 시간을 때우고 저녁이 되어 보케 거리의 한 식당에 도착해 메뉴판을 펼치면 주문을 하기 전부터 배가 불러온다. 아무래도 바닷가다 보니 해산물이 싱싱한 탓도 있겠지만, 무엇보다 보케거리의 해산물들이 더 맛있게 느껴지는 건 가격 때문이기도 하다.

랍스타를 제외한 대부분의 해산물과 요리들이 한 접시에 5천 원을 넘지 않는다. 새우도, 오징어도, 가리비도, 맛조개도!!! 무엇보다 맥주가 한 병에 500원이니. 이런 천국이 또 어디 있을까? 먹으면 먹을수록 돈을 쓰는 게 아니라 버는 것 같은 기분이다.

갑각류 알레르기가 있어서 평소 회를 제외한 해산물에는 별 관심이 없는 나지만 뭐든 마음껏 시켜도 된다는 기분은 내게 일종의 해방감마저 느끼게 했다.

20대 중반에 짧게 만났었던 세 살 연상의 여자가

있었다. 그녀는 누가 봐도 "능력 있네?" 할 만한 회사에 다니고 누가 봐도 "집이 잘사나 보네?" 할 만한 집에 살았다. 그런 그녀와 건대의 한 이자카야에서 술을 마시고 있을 때 그녀는 내게 이런 말을 했다. "난 돈 많이 버는 남자가 좋아. 사실 돈이 그렇게 중요한 건 아냐. 다만 돈을 못 버는 남자는 메뉴판을 볼 때 머릿속으로 계산하면서 불편해하는 게 보여서 싫거든!"

사실 그땐 난 그게 무슨 말인가 싶었다. 솔직히 "어쨌든 돈 많은 남자가 좋다는 거네."라며 그녀를 노골적으로 돈만 밝히는 여자일지 모른다고 생각하기도 했다. (만약 정말 그랬다면 그때 날 만날 이유가 없었겠지.)

하여간 무이네에서 홍청망청 해산물 파티를 하고 있으니 문득 십여 년 전 예전의 그녀가 떠오르며 그녀가 했던 말이 이런 건가 싶다. 나는 해방감을 느낄 만큼 가격은 생각하지 않고 마음껏 시키고 싶은데 앞에 앉아 있는 사람이 식은땀을 흘려가며 나의 소비를 불편하게 바라본다고 생각하니 생각만 해도 불편하고 답답하다.

매번 "내가 쏠게!"라고 말하기엔 뭔가 상대의 자

존심을 건드리는 것 같고, 그렇다고 상대방 눈치를 보며 시키고 싶은 만큼 시키지 못한다는 건 너무나 답답한 일이다.

그런 면에서 연애를 시작하기 전에 많은 사람들이 상대와의 소비 성향 궁합을 중요하게 따지지 않는다는 건 정말 의외의 일이다. 연애를 하든 결혼을 하든 함께하게 되면 항상 뭔가를 소비하게 될 텐데 소비성향이 다르다는 건 뭘 하든 매번 보이지 않는 불협화음이 발생한다는 뜻이니 말이다.

소비성향 궁합이라는 건 꼭 상대방의 능력과 비례하지는 않는다. 능력이 있어도 인색할 수 있고 능력이 없어도 쓸 땐 화끈하게 플렉스 할 수도 있다. 중요한 건 상대와 나의 소비 성향이 잘 맞느냐 맞지 않느냐다.

그러니 누군가와 새로운 연애를 시작하게 된다면 데이트를 하며 상대의 소비 성향을 잘 파악해보자. 상대와 소비 성향이 잘 안 맞는다고 무조건 헤어져야 하는 건 아니지만 적어도 많은 불협화음이 발생할 것이라는 걸 예상하고 각오를 해야 할 테니 말이다.

PART 3

연애, 한 발짝 더 나아가기

닭볶음탕과 연애의 맛의 비결은?

우리 어머니께서는 삼계탕을 정말 잘하시는데 엔간한 삼계탕 맛집보다 국물이 진하고 맛깔나서 국물을 한 입만 떠먹어도 온몸 구석구석 에너지가 전해지는 그런 맛이다. 하지만 다소 안타까운 건 완벽에 가까운 삼계탕과는 달리 닭볶음탕은 어머니의 자신감의 절반에도 미치지 못하는 맛이라는 거다.

나야 효를 중시하는 장남이기에 "엄마 건강한 맛이다."라며 엄지를 척! 내세우지만 맛에서는 효도고 뭐고 없는 내 동생은 어머니가 닭볶음탕을 해주시면 조용히 주방으로 가서 삼양라면 봉지를 뜯는다. 하여간 우리 어머니께서 해준 닭볶음탕은 맛이 없다. (하지만 우리 어머니는 나 때문에 모르시는 듯하다.) 그래서인지 어디 가서 닭볶음탕은 잘 안 찾게 되었다.

그러다 우연히 지인에게 동네 닭볶음탕 집을 추천받았는데 한 수저를 떠서 입 안에 넣는 순간 충격 그 자체였다. 닭볶음탕이 이렇게 맛있을 수가 있다니 매콤 달큰 시원! 매우 맛있는 게 아닌가?

이 충격적인 맛을 혼자만 알 수 없었기에 근방에 사는 거의 모든 지인을 끌고 와 먹였고 다들 맛있다며 엄지를 척! 세우는 게 아닌가? 거의 모든 지인의 인정을 받고 효자인 나는 어머니를 모시고 다시 찾았다. 흡사 마스터셰프 코리아 심사위원의 표정을 한 어머니는 국물을 한 수저 떠드시더니 이렇게 말씀하셨다. "이게 무슨 맛이 있다고 그래." 아니 이게 맛이 없다니 어째서?

그때에는 본인의 닭볶음탕보다 맛있는 것에 자존심이 상한 어머니의 귀여운 질투라고 여기며 "그렇지? 울 엄마 닭볶음탕이 최고지."라며 넘겼었는데 최근 혼자 요리를 해 먹기 시작하며 그 오해가 풀렸다. 아무리 노력해도 맛없는 나의 김치찌개와 떡볶이와 제육볶음이 설탕과 조미료를 들이붓고 나니 웬만한 밥집 수준의 맛이 나는 게 아닌가? 맛의 포인트는 설탕 그리고 조미료였구나.

그렇다. 어머니 입엔 그 닭볶음탕이 정말 맛이 없었던 거다. 정확히는 "맛은 있지만 이렇게 만들 거면 나도 만들 수 있어. 그런데 몸에 안 좋잖아. 사랑하는 내 가족에게 몸에 안 좋은 음식을 먹일 순 없지." 였던 거다.

나이를 먹어가며 외식을 많이 하다 보니 음식 본연의 맛과 설탕과 조미료의 맛을 구분하기 어려워졌고, 더 나아가 설탕과 조미료가 듬뿍 들어가야 "그래. 이 맛이야!" 하게 되어버린 거다.

예전에 국방FM에 나가서 연애에서 소유욕은 설탕 같은 것이라고 이야길 한 적이 있다. 확실히 소유욕은 연애를 달콤하게 만들어준다. 이 세상에서 어떤 한 사람을 온전히 내 것으로 소유하고 또 나 또한 상대에게 소유 당한 듯한 기분은 다른 관계에서는 느끼기 힘든 달콤함을 준다.

문제는 그것은 환상이고 그 환상 속에 몰입하게 되면 우리는 쾌가 아닌 불쾌를 겪게 된다는 거다. "당신이 타인을 위해 살지 않듯, 타인도 당신을 위해 살지 않는다."라는 알프레드 아들러(오스트리아의 정신의학자)의 말처럼 우리는 누군가를 소유하고 또 소유 당하고 싶어 하지만 그것은 불가능에 가깝다. 가만히 생각해봐라. 우리는 상대를 사랑한다고 말하고 또 상대가 내 것 그리고 나는 상대방의 것이라고 말하면서 상대의 사소한 행동도 이해하기 힘들어하고 또 상대가 나를 이해해주지 못하면 큰 배신이라도 당한 것처럼 상처를 받는다.

연락의 횟수와 애정을 연결 지어 까다롭게 따지고, 상대의 이성친구문제에 예민하게 반응하며, 나와 상대 둘 중 누가 더 상대를 좋아하는지를 비교하려

드는 것들은 결코 사랑이 아니라 소유욕에서 발현되는 감정이라는 것을 명심해야 한다.

설탕과 조미료를 많이 섭취했다고 당장 큰 병에 걸리거나 죽는 건 아니다. 다만 건강에 유익하지 않고 해를 끼치는 것이니 의식을 하며 적당히 조절해야 하는 것처럼 소유욕 또한 마찬가지다. 연애에서 달콤한 맛을 느끼게 하는 소유욕을 아주 끊어 버릴 수는 없겠지만 적어도 그 소유욕에 대한 폐해를 정확히 인식하고 의식적으로 조절 해야 보다 건강한 연애를 할 수 있다.

당신의 눈앞에 두 가지 오렌지 주스가 있다고 해보자. 무가당 주스와 설탕 팍팍 달콤한 주스, 당신이 건강을 생각한다면 어떤 주스를 마셔야 할까? 물론 "설탕 좀 먹는다고 죽기야 하겠어? 난 지금 당이 떨어졌다고!"라고 생각한다면 설탕 팍팍 달콤한 주스를 선택할 수도 있고 그것 자체가 잘못된 건 아니다. 다만, 당신이 건강검진을 받았는데 당뇨가 우려된다는 소견을 받았다면 아무리 달큰한 게 당겨도 무가당 주스를 선택해야 하지 않을까? (물론 될 수 있으면 무가당 주스도 피해야 하겠지만.)

소유욕을 정확히 인식해야 하는 이유가 바로 여기

에 있다. 평소에 소유욕의 달콤함을 즐기는 것 자체가 나쁜 건 아니다. 하지만 상대와의 이런저런 트러블을 겪으며 관계가 흔들린다면 문제의 해결을 위해서는 가장 먼저 소유욕과 관련한 행동들을 점검해보고 의식적으로 소유욕을 줄이려고 해야 하기 때문이다.

소유욕이 나쁜 건 아니다. 소유욕으로 관계가 망가져도 그것을 인식하지 못하고 계속해서 소유욕을 갈구하다 관계를 해치는 게 문제일 뿐이다. 그러니 한 번쯤 생각해보자. 당신이 달콤하다고 느끼는 연애에서 차지하는 소유욕이 얼마큼인지를 말이다.

헤어지고 친구로 지낼 수 있을까?

며칠 전 순대 마니아이신 어머니를 모시고 백암순대로 유명한 제일식당을 다녀왔다. (순대 때문에 왕복 4시간을 운전하다니) 멀리 간 보람까지는 아니어도 확실히 맛은 있었다. 순대에 조예가 깊으신 어머니의 말씀에 따르면, 순대를 먹는 게 아니라 제대로 된 보양식을 먹는 느낌이라고 하셨다.

허겁지겁 순댓국을 흡입하고 백암순대 하나, 오소리감투 하나, 깍두기 하나를 입에 넣고 우물우물하며 맛에 감탄하고 있을 무렵 문득 순댓국을 처음 먹었던 때가 생각이 났다.

그때가 재수생 시절이었던 걸로 기억을 하는데 같은 반 친구들과 거하게 한잔을 하고 해장을 하려고 해장국집에 들어갔는데 순댓국이라는 메뉴가 있는 게 아닌가? 아니. 순대로 국을? 순대는 떡볶이 국물에 찍어 먹는 거 아닌가? 그런 순대로 국을 만들다니. 당시 내 입장에선 충격 그 자체였다. 순대로 국물 요리를 만들다니. 김치로 초콜릿을 만드는 것과 뭐가 다를까?

하지만 예나 지금이나 음식에 대해서만큼은 엄청난 모험심과 용기를 가진 나이기에 주저하지 않고 주문을 했고 그 날 이후 지금까지 순댓국은 나의 해장

비법 상위권을 차지하고 있다.

지금 와서 생각해보면 순댓국은 너무나 자연스러운 음식이지만 다들 순댓국을 처음 접했을 때를 생각해본다면 아마 나의 순댓국 첫 경험처럼 당황스러웠을 거다. 순대와 국이라니. 도저히 매칭이 안 되는 조합이 아닌가?

재회 상담을 하다 보면 가장 많이 듣는 말이 "아니. 헤어지고 나서 편한 친구 사이가 된다는 게 가능해요?"다. 때로는 헤어진 사이에 친구로 남으면 절대 안 된다는 사람들도 더러 있다. 물론 헤어진 연인과 친구라는 것이 매칭도 잘 안 될뿐더러 뭔가 그러면 안 될 것만 같은 생각을 들게 하지만 또 생각해보면 이만큼 좋은 친구가 어디 있겠나 싶기도 하다.

아무리 오래된 친구와도 나눌 수 없는 것을 나눈 사이이기도 하고, 막상 어떤 이유로 헤어지게 되었든 대부분의 경우 연인 사이에서만 발생하는 갈등 때문에 헤어지게 되는 것이지, 사람 자체의 문제인 경우는 드물지 않은가? 그러니 꼭 헤어지고 친구로 지내야 하는 건 아니지만 한 번쯤 "연인으론 힘들어도 친구로는 잘 지낼 수 있지 않을까?"라는 생각을 해볼 수도 있는 것 아닐까?

멀쩡한 순대를 국물에도 넣어 먹는데, 한때는 달콤한 썸을 타고, 사랑을 속삭이던 사이가 절대로 친구가 될 수 없는 이유는 없지 않을까?

앞서 말을 했지만 헤어지고 나서 모든 사람이 친구로 지내야 하는 건 아니다. 하지만 헤어진 사이도 친구로 잘 지낼 수도 있다는 걸 깨닫고 알아두는 건 중요한 일이다.

헤어지면 관계가 끝나고 친구든 뭐든 다 소용없다는 식으로만 생각하면 상대방의 이별통보가 사형선고로 들릴 수밖에 없고, 내게 소중했던 상대의 곁에서 떨어지지 않기 위해 상대가 불편해하든, 부담스러워하든 신경 쓰지 않고 상대에게 매달리게 될 수밖에 없다.

만약, 헤어진 연인과 친구의 관계가 충분히 가능하다고 생각한다면 상대의 이별 통보를 더욱 편하게 수용하고 어색하더라도 친구나 지인의 관계로 돌아갈 수 있지 않을까? 그렇게 연인이 아닌 친구의 관계로 지내다 보면 서로가 다퉜던 것에 대해 더욱 객관적인 시각으로 반추해볼 수도 있을 것이고, 그 과정을 통해 이별의 상처가 덧나지 않고 이별을 하거나 때론 다시금 마음을 하나로 합칠 수도 있는 것이고 말이다.

한 번도 헤어진 연인과 친구로 지내지 못 해봤다면 다음번에는 한 번쯤 친구로 지내보는 건 어떨까? 친구로 지내는 척이 아니라 이별을 수용하고 한걸음 물러나 상대의 행복을 빌어주며 때론 이런저런 고민을 토로할 수 있는 특별한 친구 말이다.

혹시 아나? 처음엔 "순대로 국을?" 하며 인상을 썼지만, 나중에는 술로 속이 아플 때마다 순댓국을 찾듯이, 처음엔 "헤어졌는데 친구?"라며 불편하게 생각했다가 나중에는 아무에게도 말 못 할 고민을 편하게 털어놓을 수 있는 좋은 친구가 될지도 모를 일이니 말이다.

상대와 안 맞는다고 느껴질 때는 이렇게

한창 불타오르는 자정의 홍대, 과연 이 시간 이곳에서 '미식'이라는 걸 즐길 수 있을까? 라는 중요한 고민을 하던 중 눈에 들어온 훠궈집. 심지어 수요미식회에 나온 집이다. 새벽 2시까지 영업을 하는 맛집이라니. 수요미식회라면 벌떡 일어나 고속도로 타는 것을 망설이지 않는 나로서는 가장 최고의 선택이다.

사실 이전에는 훠궈를 제대로 먹어본 적이 없었기에 홍탕에 들어간 각종 향신료가 걱정스럽긴 했으나 그래도 이곳은 수요미식회의 선정을 받은 집이 아니던가. 일단 믿고 홍탕과 백탕에 각종 채소, 건두부, 버섯, 중국식 당면을 넣고 푹 익힌 다음, 먼저 홍탕에 양고기를 살짝 익혀 입에 넣어본다.

제대로 말도 못 하고 신음하는 내게 친구 녀석은 한심하다는 듯 묻는다. "맛있냐?"

정말 맛있었다. 훠궈를 제대로 먹어 본 적은 없었지만 많은 홍탕의 강하고 독한 향신료 맛은 익히 들어 알고 있었지만, 이곳의 홍탕은 전혀 부담스럽지 않고 맵지도 않으면서 입안이 살짝 얼얼해지는 독특한 매운맛이었다.

한참을 홍탕에 양고기를 적셔 먹다 백탕이 서운해

할까 봐 백탕에도 양고기를 살짝 익혀 약간의 청경채와 함께 입에 넣었다. 분명 듣기론 훠궈를 처음 먹는 사람들은 홍탕보다는 백탕을 선호한다는데 내 입맛엔 홍탕은 시원하면서 얼얼하게 매운 것이 계속 당기는 반면, 백탕은 뭔가 진한 순대국 육수의 맛이 나면서 뭔가 느끼한 것이 영 내스타일이 아니었다.

다른 녀석들도 나와 마찬가지였던지 홍탕은 얼마 지나지 않아 바닥을 드러내 보이는데 백탕은 거의 처음 그대로였다. 이를 안타깝게 여긴 나는 조금 느끼한 순대국밥을 먹는다 생각하기로 하고 앞 그릇에 백탕의 국물 그리고 각종 야채와 양고기를 그득 담에 수저로 퍼먹었다. 분명 똑같은 백탕이었는데, 아까는 너무 느끼했건만 국물과 야채 양고기를 한꺼번에 먹으니 뭔가 고급진 크리미한 맛이 나는 게 아닌가.

똑같은 음식도 어떻게 먹느냐에 따라 이렇게 맛이 달라질 수 있다니 신비롭고 오묘한 미식의 세계를 체험한 하루였다.

알프레드 아들러(오스트리아의 정신의학자)는 무엇을 가졌느냐가 아니라 가진 것을 어떻게 활용할 것이냐에 집중하라고 말했다. 나에게 백탕 자체는 너무 느끼해서 부담스러운 육수였지만 그것을 어떻게 먹느냐에 따라 고급진 크리미한 맛이 되기도 하는 것처럼 말이다.

당신이 남자 친구와 뭔가 맞지 않는다고 느낀다면 그건, 남자 친구의 잘못도 그대의 잘못도 아닌 서로를 어떻게 활용해야 할지를 잘 모르는 것일 수도 있다. 상대가 연락을 잘 하지 않는 스타일이라면 그동안 도전해보지 않았던 시험에 도전하며 연애를 병행해볼 기회일 수 있고, 상대가 지나치게 구속을 한다면 20대 초반처럼 격정적인 연애를 해볼 기회일 수 있다.

내 얘기의 포인트는 상대에게 맞추면 된다는 게 아니라 어떤 관계든 당신이 그 관계를 어떻게 활용하느냐에 따라 그 관계는 빛을 낼 수도 있다는 거다.

입맛에 맞지 않는다고 외면하거나 따지고 들기 전에 그것을 여러 방식으로 활용해보자. 여러 방식으로 활용해본다고 무조건 좋은 결과가 나오지는 않겠지만, 운이 좋으면 기대하지 않았던 매력적인 맛을 느낄 수도 있을 테니 말이다.

비교하면 연애의 맛을 알 수 없다?

솔직히 난 닭 한 마리보다는 햄버거가 먹고 싶었다. 한밤중에 먹는 수제버거. 생각만 해도 낭만적이지 않은가? 하지만 어쩌겠는가. 그 야밤에 나와 함께 뭔가를 먹어주겠다는 고마운 분께서 선택한 게 닭 한 마리인 것을.

신사의 모 닭 한 마리집으로 향하는 내내 속으론 왜 하필 수많은 메뉴 중에 닭 한 마리일까? 라는 생각이 떠나질 않았다. 내가 이토록 불편해하는 건 닭 한 마리가 싫어서가 아니라 다년간 유수의 닭 한 마리집들을 섭렵하며 엄격한 기준으로 뽑은 나만의 1픽 닭 한 마리집이 있었기 때문이다. 많은 사람은 동대문 쪽 닭 한 마리가 최고라며 엄지를 치켜세우지만 나에게 닭 한 마리란 미아사거리의 모 닭 한 마리집만이 유일한 맛집이다.

그런데 동대문도 아니고 신사에서 닭 한 마리라니 수요미식회에 나오지 않았다면 절대 방문하지 않았을 거다. 불편한 마음을 안고 도착한 신사의 모 닭 한 마리집. 일단 외관은 딱 봐도 "이 동네 닭 한 마리 맛집은 나야."라는 느낌을 주었고 새벽 시간임에도 빈 테이블이 별로 없을 정도로 많은 손님으로 가득 차있는 모습에 일단 어느 정도 안심은 했다.

드디어 나온 닭 한 마리. 일단 첫인상은 별로다. 미아사거리의 그 집은 파가 푸짐하게 들어가 있어 보기만 해도 시원함이 느껴지고 떡과 감자 등의 사리도 푸짐, 닭도 푸짐하여 과연 이걸 둘이서 다 먹을 수 있을까? 하는 느낌이었는데 이곳은 뭔가 이걸로 둘이서 배가 부를까? 하는 생각이 들며 "역시, 강남이야." 하는 말이 나도 모르게 새어 나왔다.

국물도 미아사거리의 그 집은 뭔가 투박하고 진한 느낌이었다면 이곳은 가볍고 슴슴한 느낌이었다. 고기는 둘 다 퍽퍽하지 않아 먹기 좋았으며 살짝 신사 쪽이 좀 더 부드러운 느낌이랄까?

어쨌든 내 입맛엔 역시 미아사거리가 딱 맞는구나. 하는 까칠한 결론을 내리고 있었는데 문득 이런 생각이 들었다. "어쨌든 내가 지금 먹고 있는 건 신사 닭 한 마리인데 왜 난 앞에 있지도 않은 미아사거리 닭 한 마리와 비교를 하며 불평을 하고 있지? 기준을 미아사거리로 잡아 놓고 먹으니 당연히 미아사거리가 낫겠지."

가만히 생각해보면 신사 닭 한 마리가 맛이 없는 건 아니다. 양이 좀 적긴 하지만 부족하다기보다는 딱 맞는 정도고, 국물이 좀 슴슴하지만 기호에 따라 호불호가 갈릴 수 있고, 또 백김치를 넣어 먹거나 조금 덜어서 살짝 소스를 넣어 먹을 수도 있으니 미아사거리보다 맛이 못하다고 볼 수는 없다. 무엇보다 신사에서 닭 한 마리를 먹으며 미아사거리의 닭 한 마리를 떠올리며 불평에 빠져있는 건 너무 바보 같은 짓이 아닌가?

물론 비교 자체가 나쁜 건 아니다. 사실 삶을 살아가며 비교를 하지 않을 수도 없는 노릇이고 말이다. 다만 생산적인 비교를 하려면 둘의 차이점을 비교하되 현재에 좀 더 집중하며 현재 상황에서 즐거움을 찾는 것이 좀 더 현명한 행동이 아닐까?

이 단순한 진리를 우리는 왜 삶에 적용하지 못하는 걸까? 누군가를 새로 만나며 이전 연인을 추억하고, 그 연인과 비교를 하며 "예전 연인은 이렇게 해줬었는데."라든가, "예전 연인이 좀 더 ~했는데…." 따위의 생각을 해서 우리에게 득이 될 게 없을 텐데 말이다.

앞서 말했듯 삶을 살아가며 비교를 아예 안 할 수는 없을 거다. 하지만 비교를 하더라도 우열을 가리기보다 서로의 차이점을 발견하는 쪽으로 비교한다면 쓸데없이 우울해지기보다 비교 하는 것이 좀 더

흥미롭고 즐거울 수도 있을 텐데 말이다. 예를 들면 "예전 연인은 집돌이였는데 이 사람은 사람들과 술자리를 좋아하는구나."라든가 "예전 연인은 잘생겼는데, 이 사람은 재미있는 사람이구나." 식으로 말이다.

비교하려거든 얼마든지 비교 하자. 다만 둘 중에 누가 나은지를 가리는 비교가 아닌 지금 만나는 사람이 이전 사람과 어떤 점이 다르고 어떤 색다른 매력을 가졌는지를 비교해본다면 쓸데없이 지나간 날을 회상하며 우울해지지 않고 새로 받은 선물을 뜯어보는 듯한 설렘과 즐거움을 느낄 수 있지 않을까?

연애, 나만 희생할 필요 없다

올해 초 어머니의 생신에 어머니께서 가보고 싶다고 하셨던 유명한 장어집에 갔다가 두 번 놀랐다. 한 번은 이전에 먹었던 장어들이 미꾸라지로 느껴지게 할 정도의 굵기와 통통함에 놀라고 또 한 번은 식사를 마치고 계산대 앞에서 계산서를 보고 제대로 된 장어를 제대로 먹으면 이 정도 나오는구나 하고 놀랐다. 그래! 맛있는 만큼 비싼 거고 오랜만에 큰아들 노릇 좀 했다 하며 아무도 알아주지 않았지만 혼자 뿌듯해했다.

그리고 6달 뒤 나의 생일. 이 나이 먹고 무슨 생일을 챙기나 싶어 집에서 침대와 물아일체가 되려는데 어머니께서 그래도 생일인데 가족끼리 식사는 해야지 않겠느냐고 하시는 게 아닌가? 평소에 가족끼리 식사할 일이 별로 없으니 이런 날 겸사겸사 함께하면 좋지 하는 마음에 흔쾌히 알겠다 했고, 자연스럽게 뭔가에 끌리듯 장어집으로 향했고 정신을 차려보니 나는 또 계산대 앞에 서게 됐다. 뭐지? 내가 생일이니까 쏘는 건가? 매번 내 생일엔 친구들이나 여자 친구와 함께 보냈었는데 뭐 이런 것도 나쁘진 않네. 하며 기분 좋게 카드를 내밀었다.

그리고 두 달 후 한 살 터울의 동생의 생일을 맞

아 우리 가족은 또 장어집을 찾았고 식사를 마치고 나는 또 계산대 앞에 서게 되었다. 뭔가 혼란스럽다. 난 계산 담당인가? 어머니 생신과 내 생일은 그렇다 치고, 왜 나와 14개월 차이 나는 동생 생일까지 내가 챙겨야 하지? 근데 이거 얼마나 한다고 그냥 내면 되는 거 아닌가? 그러고 보니 올여름 어머니께서 덥다 해서 내가 에어컨을 사드리고 세탁기가 고장 났다 해서 내가 세탁기도 해드렸는데.

이런 식이면 난 항상 계산하고 그러다 어렵게 결혼을 하고 결혼 후에도 항상 내가 계산을 하다 난 부부싸움을 하고, 그렇게 이혼을 하게 된 후 자녀들의 따가운 눈총을 받으며 양육비를 보내느라 허덕이다 결국은 단칸방에서 고독사하는 뭐 그런 진행인가? 라는 생각을 하며 집으로 돌아와 한동안 회의감을 가졌다.

이걸 하나하나 말하기엔 모양이 너무 빠지고 그냥 넘어가자니 뭔가 불공평하다는 생각이 들고 무엇보다 여기서 말을 하지 않으면 앞으로도 계속 이렇게 나만 희생을 하게 될 것만 같은 진퇴양난의 혼란스러운 감정 속에서 괴로워하다 뭔가 악에 받친 듯 동생에게 전화했다. “엄마가 저번에 온수 매트 얘기하시더라. 이번엔 네가 사드려." 막상 말을 하고 나니 동생이 혹시 나를 쪼잔한 놈이라고 생각하진 않을까 괜히 더 불편하고 괜히 말했다고 후회가 들 무렵 "알겠어. 형이 좀 알아보고 괜찮은 거 링크 보내줘 결제는 내가 할게." 라고 대답하는 게 아닌가? 뭐지 이 쿨함은? 이렇게 간단한 거였어?

가만히 생각해보면 가족들이 내게 계산을 하라고 강요한 적은 없었다. 내 생일 어머니께서 본인께서 계산한다는 걸 내가 나서서 막았고 동생의 생일엔 동생이 화장실에 간 사이 내가 자연스럽게 계산대 앞에 선 것이었으며 에어컨과 세탁기는 괜찮다는 어머니에게 잔소리하며 내 맘대로 주문을 한 것이었다.

어떤 인간관계에서 불공평하고 나만 희생한다는 느낌을 받을 땐 한번 생각해보자. 내가 하는 희생은 상대가 나에게 강요한 희생인가? 관계를 지속하며 불공평하다고 느끼는 경우 막상 따져보면 상대는 내게 뭔가를 요구하지 않았는데 내가 알아서 혼자 끙끙거리고 있거나 상대에게 말을 하면 상대도 부담을 나눌 생각이 있는데도 괜히 혼자 말을 못하고 있는 경우가 많다.

연애하며 너무 힘들고 왜 나만 맞춰야 하는지 모

르겠다는 사람에게 나는 이렇게 묻는다. "뭘 그렇게 혼자만 노력해서 억울해요?" 그러면 그들은 "제가 먼저 연락을 안 하면 상대가 안 해요.", "매번 데이트 계획을 나만 짜요.", "저는 상대가 힘들어 보이면 위로를 해주지만 상대는 그렇게 안 해줘요." 따위의 불만을 토로한다.

그러면 나는 심드렁한 표정으로 되묻는다. "근데 상대가 그렇게 희생하고 노력해달라고 했어요? 그리고 본인이 그렇게 안 하면 무조건 헤어지게 될 것 같아요?" 이러면 뭔가 분한 표정으로 나를 노려보지만, 선뜻 반박은 못 한다.

사실 놀랍게도 우리가 억울하다고 생각하며 하는 희생과 노력은 상대가 강요한 것도 아니고 또 내가 희생하며 노력하지 않는다고 해서 관계에 큰일이 일어나지도 않는다. 내가 연락을 안 하면 상대가 하고 싶을 때 상대가 먼저 하고, 데이트 계획을 내가 세우지 않으면 상대가 계획을 세우든 아니면 계획 없이 그 날의 상황에 맞게 그럭저럭 데이트를 할 것이며, 상대에게 막연히 위로를 바랄 게 아니라 "나 오늘 너무 우울해. 오늘 술 한잔 하자!"라고 말을 하면 슬리퍼를 끌고라도 와서 함께 해줄 거다.

많은 경우 어떤 관계의 불공평함을 느끼고 나만 희생하고 노력한다는 느낌을 받는 건 상대의 탓이 아니라 나의 욕망과 쓸데없는 자존심 때문인 경우가 많다. 그러니 연애하며 혼자 희생하고 노력한다고 불공평하다 생각하지 마라. 상대가 강요하지도 않았고 또 내가 상대에게 말하지 않은 탓일지도 모를 일이니 말이다.

연애는 맞춤이 아니라 선택이다

얼마 전 베트남에 다녀왔다. 베트남에 사는 친구도 보고 싶었지만, 그동안 미뤄두었던 노트북 하나로 해외를 떠돌며 먹고 살 수 있을지에 대한 디지털 노마드 실험도 해볼 겸 떠난 여행이었는데…. 결과적으론 7박 8일 동안 호치민과 무이네의 호텔과 리조트를 떠돌며 맥주만 주구장창 마셔댔다.

남자 둘이서 여러 호텔과 리조트에서 체크인하고 체크아웃하는 것이 꽤 곤욕스러웠지만, 덕분에 여러 호텔 조식을 맛볼 수 있어서 나름 만족했다. 문제는 처음엔 만족했던 조식들이 반복될수록 이런저런 불만이 생긴다는 거다.

이왕이면 조식을 한 12시까지 먹을 수 있게 해주면 얼마나 좋을까? 그리고 어설프게 구색만 갖추기보다 각 투숙객이 먹고 싶은 단품을 주문할 수 있게 하는 게 더 만족도가 높지 않을까? 아니면 추가로 주문할 수 있는 특별한 메뉴를 만들 수도 있고.

한참을 불합리한 호텔 조식 시스템에 대해 비평을 하다 문득 이런 생각이 들었다. "왜 호텔 조식 시스템이 내가 원하는 대로 바뀌어야 하지?"

그렇지 않은가? 호텔 조식 시스템은 분명 오랜 기

간 많은 전문가의 고민 끝에 만들어졌을 거다. 조식을 늦게까지 하면 점심 영업에 지장이 생길 것이고, 수많은 투숙객의 단품 주문을 따로 받는 것보다 대중적인 음식을 여러 개 대량으로 준비하는 것이 효율적일 것이다.

이처럼 우리는 너무나 쉽게 자기중심적인 사고를 하며 타인과 환경이 나에게 맞추는 것이 옳고, 그것이 합리적이라고 느낀다. (너무도 뻔뻔한 생각이 들지 않는가.) 이런 자기중심적 사고는 타인과 트러블을 일으키는 것은 물론이며, 뭔가 내가 부당한 대우를 받는다는 느낌을 받으며 스트레스를 받고 분노로 이어지기 쉽다.

그래서 우리는 연애를 하며 너무나 쉽게 "사랑하면 이 정도는 해줄 수 있는 거 아냐?", "내 말이 더 합리적이지 않아?", "남들도 이렇게 해!" 따위의 이야기를 상대에게 쏟아내곤 한다.

하지만 상대에게 불만을 느낄 때 가장 먼저 생각해야 하는 건 "쟤는 왜 저럴까?"가 아니라 "혹시 내가 자기중심적인 사고를 하고 있는 걸까?"이다. 그리고 내가 지금 이 상황에서 무엇을 선택할 수 있는지를 곰곰이 따져보면 된다.

내가 호텔 조식에 예민하다면 호텔을 고를 때 조식에 대한 후기를 따져볼 수도 있고, 조식 자체를 선택할 수 있는 호텔을 따로 고르는 것도 방법이 될 수 있으며, 이도 저도 다 귀찮다면 그냥 조식은 패스하고 침대와 깊은 데이트를 하다가 느지막이 일어나 호텔 근처 맛집에서 브런치를 즐겨도 될 일이다.

"절이 싫으면 중이 떠나!"라는 이야기를 하는 게 아니다. "왜 타인 혹은 상황이 내가 원하는 대로 안 되는 걸까?"라며 혼자 부당한 대우를 받는다며 스트레스받고 화를 낼 게 아니라 "내가 선택할 수 있는 다른 선택지들은 뭐가 있지?"에 초점을 맞추며 내가 좀 더 만족하고 행복할 방법을 찾자는 거다.

괜한 스트레스를 받으며 상대와 다툴 필요 없다. 세상 모든 일이 내 맘처럼 되지는 않겠지만 그래도 어떤 상황이든 우리의 앞에는 언제나 몇 가지의 선택지들이 있음을 명심하고 어떤 선택을 할 것인지에 집중을 하면 된다.

연애하며 타이밍을 놓치는 이유

매주 화요일, 국방FM 라디오 방송이 있는 날이면 나는 아침부터 설레기 시작했다. 라디오 방송에 출연한다는 것도 설레는 일이지만 무엇보다 날 설레게 하는 건 라디오 방송을 마치고 나서 느긋하게 인생 만두를 즐길 수 있다는 사실이었다.

숙대입구역 3번 출구에서 용산고등학교 방면으로 50m쯤 걸으면 나의 인생 만둣집 구복만두 있다. 구복만두로 말할 것 같으면 각종 맛집 프로에 소개된 것은 물론이며 미쉐린 가이드 소개된 명실상부 레전드 만두 맛집이다.

모든 만두가 맛이 있어 취향에 따라 선호하는 만두는 조금씩 갈리지만, 개인적으로 나의 원픽은 샤오룽바오다. (갑각류 알레르기만 없었어도 새우만두를 꼽았을 텐데.) 야들야들한 만두피를 젓가락으로 조심스레 찢어 한 김을 날리고 조금 뜨겁다 싶을 때 소주를 원샷하듯 만두와 육즙을 동시에 입안으로 밀어 넣는데 마치 입안에 뜨거운 육즙으로 코팅하는 기분이다.

물론 입안은 뜨거운 만두와 육즙으로 데이기 직전이지만 왠지 그렇게 해서 먹지 않으면 샤오룽바오의 맛을 제대로 느끼지 못하는 것 같은 기분이 들어

매번 후회하면서도 그렇게 먹는다.

하여간 구복만두에 대한 나의 애정은 단순한 애정을 넘어 기괴한 수준이었는데 지인들에게 구복만두 찬양을 늘어놓으며 "진짜 다 때려치우고 여기 가서 만두나 전수 받을까!?"라는 농담을 할 정도였다. 소름 끼치는 사실은 저때 했던 말이 그저 농담은 아니었다는 거다. 당시 삶에 권태를 느끼고 있었고 뭔가 새로운 시도를 하고 싶다는 정체 모를 감정에 젖어있을 때라 가끔씩 만두를 계산하며 "혹시 사람 안 구해요?"라는 말이 입안에 맴돌기까지도 했다.

그러던 어느 화요일 그날도 어김없이 방송을 마치고 구복만두 뒤편에 주차를 하고 구복만두에 들어가려고 했는데 가게 외부에 붙은 작은 안내문이 나의 눈길을 사로잡았다. '구복만두 전수자 구함 010-XXXX-XXXX'

말 그대로 벼락을 맞은 듯한 기분으로 만두를 먹고 나와 미친 듯이 주변 지인들에게 황당한 고민을 털어놓았다. "구복만두에서 전수자 구한대! 나 진짜 다 때려치우고 만두 배울까!?" 처음 지인들은 웃으며 해보라고 잘될 거라고 말을 하다가 내 눈빛이 정상이 아님을 알아채고 미쳤냐며 말리기 시작했다.

생전 요리를 배워본 적도 없고 라면도 제대로 못 끓이는 똥 손 주제에 무슨 만두를 전수받냐며 괜히 남의 가게에 민폐나 끼치지 말고 하던 거나 열심히 하라는 일침에 결국 나는 수긍할 수밖에 없었다.

그렇게 몇 주가 지나고 가로수길에서 친구와 잘나가는 바베큐집을 운영하는 녀석과 술잔을 비워내며 구복만두 전수자의 꿈에 대한 미련을 하소연했다. 그러자 그 녀석은 왜 그런 기회를 잡지 않았냐며 나를 책망했고 흥분한 나는 그 자리에서 일어나 그 녀석을 끌고 구복만두로 달려갔지만 역시나 전수자를 구한다는 안내문은 이미 사라진 채였다.

근처 실내포장마차에서 그 녀석에게 삶을 살아가는 데 있어서 기회를 잡는다는 게 얼마나 중요한지 일장 연설을 들으며 이번 기회를 놓친 것에 대해 꾸지람을 들었지만 어째서인지 나는 기회를 놓쳤다는 게 크게 아깝지가 않았다.

따지고 보면 내가 그 기회를 놓친 건 내가 용기가 없어서라기보다는 내가 준비가 전혀 되지 않았기 때문이다. 요리를 정식으로 배우지는 않았더라도 라면도 못 끓이는, 하는 일마다 실패하는 사람이라도 평소 요식업에 관심을 두고 알아보려는 노력이라도 하고 있었다면 나는 전수자를 구한다는 안내문을 보자마자 미친 사람처럼 달려가서 전수자로 받아달라고 말을 했을 거다.

하지만 무엇 하나 준비를 해둔 게 없으니 나는 기회를 두고도 망설일 수밖에 없었고 자연히 기회를 놓칠 수밖에 없었던 거다. 설령 미친 척 용기를 내서 그 기회를 잡았다고 해도 전혀 준비되지 않은 상태에서 잡은 기회는 높은 확률로 좋지 못한 결과를 맞았을 것이고 말이다.

연애하며 어떤 기회를 놓치고 후회하는 사람들은 말한다. "그때 좀 더 노력해볼걸.", "만약 그때 내가 걔랑 결혼했더라면.", "그 타이밍에 고백했었어야 했는데…." 라면서 기회를 놓친 것을 안타까워한다.

그러면 나는 이렇게 말을 해준다. "지나고 나서 생각해보니 후회스럽겠지만 사실 따지고 보면 그때, 그 순간에는 그게 본인이 할 수 있는 최선이었을 거예요. 우리는 매 순간 나름대로 최선의 선택을 하며 살아가니까요."

단지 기회를 놓쳤으면 쿨하게 포기하라는 게 아니다. 기회를 놓친 것을 안타까워만 하면서 후회만 할

게 아니라 내가 어떤 준비가 부족했는지에 대해 생각을 해볼 필요가 있다는 거다.

평소 타인을 좀 더 이해해야겠다고 생각을 하고 있었으면 중요한 순간에 감정적으로 행동하여 망치지 않았을 것이고, 현실적인 결혼에 대해 많이 고민했다면 소울메이트를 허망하게 놓치지도 않았을 것이며, 연애에 대해 단순하게 생각하고 여유를 가졌다면 고백의 타이밍을 일찌감치 잡을 수 있었을 거다.

타이밍이라는 건 중요한 기회를 잡지 못해 놓치는 게 아니라 그 타이밍이 오기까지 준비가 부족했기 때문에 놓치게 되는 거다. 그러니 달리 생각해보면 타이밍을 놓쳤다는 건 기회를 놓친 게 아니라 내가 그동안 준비하지 못한 것이 무엇인지 깨닫게 해주는 기회이기도 하다.

그러니 앞으로는 연애에서 타이밍을 놓쳤을 때 그 기회를 놓친 게 얼마나 후회스러운지를 곱씹기보다 무엇이 부족했는지를 생각해보자. 그런 의미 있는 반성들이 모여 발전이 되는 것이고 당신의 발전에 따라 놓친 기회가 다시 오기도 하니 말이다.

바람피우는 남자를 포기 못 한다는 건
미련한 일일까?

원래 어머니 대성집은 선지해장국으로 유명하다. 24시간 푹 우려낸 사골육수에 푹 삶아져 통조림 참치처럼 보이는 양짓살과 콩나물과 우거지, 그리고 고소하고 담백한 선지는 해장하러 왔다가 다시 소주를 들이붓게 되는 마력이 있다.

하지만 내가 어머니 대성집을 찾아 아무런 연고도 없는 용두동까지 오게 된 건 선지해장국이 아니라 '등골' 때문이다. 처음 듣는 사람은 등골? 그게 뭐지? 하는 생각이 들 수도 있는데 '등골'은 말 그대로 '등골'이다. 소의 등골을 생으로 먹는 것인데 주로 기름장을 찍어 먹는다고 한다.

처음 술자리에서 어머니 대성집의 등골에 관한 이야기를 들었을 때 다른 사람들은 인상을 찌푸리며 그런 걸 왜 먹냐고 질색했지만, 탐식가이자 괴식가인 나는 눈을 반짝이며 어머니 대성집의 주소를 물었다.

그렇게 해서 아무 연고도 없는 용두동 어머니 대성집에 오게 됐다. 내게 등골을 소개한 친구는 내게 물었다. "야, 정말 등골 먹을 거야? 그거 아무 맛도 안 나고 비싸기만 해. 뭐하러 먹으려고 그래?"

하지만 내 머릿속은 온통 "소 등골은 대체 무슨 맛일까?"라는 생각으로 가득했고 결국 소의 등골은 내 입으로 들어왔다. 맛은 뭐랄까. 등골이 그냥 등골인 것처럼 등골의 맛은 말 그대로 무맛, 아무 맛도 느껴지지 않는다. 아무리 혀에 온 신경을 집중해도 느껴지는 건 차갑다, 부드럽다, 좀 비릿하다? 정도다.

등골의 맛은 놀라울 정도로 아무것도 느껴지지 않았지만, 문제는 내가 입에 넣고 씹고 있는 게 소의 '생' 등골이라는 사실이 자꾸 나를 불편하게 만든다는 거다. 남들이 말리는 걸 억지를 써가며 먹겠다고 한 사람이 할 소리는 아니지만, 확실히 소의 '생' 등골을 먹는다는 건 유쾌한 일이 아니다.

하지만 난 티를 내지 않고 열심히 먹었다. 아무것도 찍지 않고 먹어도 보고, 남들처럼 기름장에 찍어 먹기도 하고, 선지해장국에 넣어 먹어도 보고 심지어 무생채에 싸서도 먹어봤다. 하지만 어떻게 먹어봐도 소의 등골을 생으로 먹는다는 불편함을 지울 수가 없었다.

한참동안 소의 등골을 생으로 먹는다는 사실을 이겨내려고 끙끙거리고 있는 나를 안쓰럽게 보던 친구가 더 이상은 못 보겠는지 내게 말했다. "그만 먹어. 입맛에 맞지도 않으면서 뭘 그렇게 억지로 먹냐?"

그래. 솔직히 입맛에 맞지 않는다. 하지만 포기하고 싶지가 않았다. 한 접시에 3만 5천 원짜리 등골이 아까워서가 아니다. 남들은 별미라며 껄껄 웃으며 먹는데 입맛에 맞지 않는다며 젓가락을 내려놓는 건 뭔가 지는 것 같아 싫었다.

어떻게든, 무슨 수를 쓰든 소의 '생' 등골을 먹는다는 것에 대한 불편함을 이겨내고 싶었다. 그리고 조금만 더 억지를 부려보면 어떻게든 이 불편함을 합리화하면 소의 생 등골을 즐길 수만 있을 것 같았다. 하지만 결국엔 절반도 못 먹고 포기했다. 남들은 어떨지 몰라도 소의 '생' 등골을 즐겁게 먹는다는 건 확실히 내겐 불가능한 일이었다.

입맛에 맞지 않는 소의 생 등골을 억지를 써가며 어떻게든 먹으려고 하는 내 모습이 안쓰럽고 미련해 보일 수도 있다. 하지만 나처럼 다른 사람이 보기엔 안쓰럽고 미련해 보이는 일을 하는 사람들이 의외로 많다.

바람을 피우는 남자를 놓지 못하는 여자들이 대표적이다. 주변 지인들은 뭐하러 그런 남자를 만나냐고 답답해하며 말리지만 그녀들은 지인들의 말을 듣지 않는다. 자신을 좀 더 매력적으로 가꾸면, 상대의 취향에 좀 더 맞추면, 이번만 잘 넘기면. 하여간 이런저런 노력을 하면 문제를 해결하고 아무 일 없었다는 듯 본인이 꿈꾸는 행복하고 안정적인 연애를 할 수 있을 거라고 생각한다.

혹시 오해가 있을지 몰라 미리 말하지만 나는 바람을 피우는 남자를 놓지 못하는 여자를 안타깝거나 미련하다고는 생각하지 않는다. 소주 안주로 소의 생 등골을 즐기는 사람이 있는 것처럼 연애도 각자 취향이 있다고 생각한다. 사람에 따라 폴리아모리 즉, 다자연애를 원하는 사람도 있을 수 있고, 지금은 좀 괴롭지만, 그것이 다자연애를 받아들이는 과정일 수도 있으니 말이다.

상대가 바람을 피웠을 때 냉정한 판단 끝에 쌍욕을 하며 헤어질 수도 있다. 하지만 여러 가지 가능성을 생각하며 이런저런 노력을 해본다는 게 꼭 미련한 행동일까? 적어도 내 눈에는 미련하다기보다는 나름의 의미가 있는 노력으로 보인다.

다만, 내가 소의 생 등골을 앞에 두고 지지고 볶다가 결국 인정을 하고 젓가락을 내려놓았던 것처럼 바람을 피우는 남자 친구에 대해 이렇게 합리화를 해보고, 저렇게 노력을 해보고, 마지막으로 억지로 맞춰보려고도 했는데 그래도 본인의 취향에 맞지 않아 불편하고 괴롭다면 그땐 내 취향에 맞지 않는다는 걸 인정하고 쓴웃음을 지으며 뒤로 물러나면 된다.

객관적으로 누구에게 잘못이 있는지, 다른 사람들은 어떻게 하는지 따질 필요 없다. 주변 사람들이 말려도 내 입에 소의 생 등골이 맛있게 느껴지고 즐길 수 있으면 그대로 좋은 것이고, 그렇지 않다고 해도 소의 생 등골의 잘못이 아니라 그저 내 입에 맞지 않을 뿐인 거다. (내 입맛이 까다롭다고 그게 잘못은 아니지 않은가?)

안주든, 연애든 결국 중요한 건 내가 그것을 온전히 즐길 수 있느냐 없느냐일 뿐이다.

책을 마치며

놀랍게도 6번째 책을 내게 되었습니다. 20대 후반까지 (정확히는 첫 번째 책이 나오기 전까지) 내가 글을 쓰고 또 그 글이 책으로 만들어져 여러 독자들에게 전해질 거라는 생각을 단 한 번도 해본 적이 없었던 사람이, 어느새 6번째 책을 내게 됐다니 정말이지 놀라운 일이라고 생각합니다.

무라카미 하루키는 그의 저서 '달리기를 말할 때 내가 하고 싶은 이야기'에서 마라톤을 할 때마다 느끼는 감정변화에 대해 이야기 했습니다. 처음엔 '이번엔 좋은 기록이 나올지도'라고 생각을 했다가 35km를 지나면 힘이 들어 여러 가지 일에 대해서 화가 나고, 마지막엔 '텅 빈 가솔린 탱크를 안고 계속 달리는 자동차 같은 기분'이 되었다가 완주를 하고 나면 '다음에는 좀 더 잘 달려야지.' 하고 결의를 굳게 다진다고 합니다.

제가 그동안 책을 내며 느낀 감정도 이와 비슷했던 것 같습니다. 처음엔 '내가 쓴 글이지만 정말 멋있다!'라는 느낌으로 주욱 써 내려가다가 마감일이 다가오면 '내가 대체 무슨 부귀영화를 누리겠다고 책을 쓴다고 했지?'라며 나 자신과 그 밖에 여러 가지에 대해 화가 나고 스트레스가 극에 달합니다.

그러다가 마감일을 넘기고 정말 마지막 순간에 도달하면 말 그대로 텅 빈 머릿속과 마음으로 글을 쓰다 마감 원고를 보내게 되는데 놀랍게도 마감 원고를 보내고 나면 갑자기 어디선가 에너지가 샘솟으며 '좀 더 잘 할 수 있었는데.' 하는 생각과 함께 '다음에는 좀 더 잘해야지.' 하고 결의를 굳게 다지곤 했습니다.

'이번에는 다를 거야!' 하고 생각했지만, 이번 6번째 책도 결국엔 똑같은 루틴에서 벗어나지 못했던 것 같습니다. 한심한 변명같이 보일지 모르겠습니다만 따지고 보면 긴 호흡으로 하는 대부분의 일들이 이 루틴을 반복하고 있는 게 아닌가 하는 생각이 듭니다.

연애만 해도 그렇습니다. 대게 처음 연애 초반에는 '정말 우린 천생연분이야! 이 사람이라면 평생을 함께해도 괜찮지 않을까?'라고 했다가 시간이 지나며 사소한 트러블과 권태로움이 쌓이면 '이제 그만 헤어질까?'라며 스트레스와 분노가 극에 달하게 되죠.

그러다 종국에는 트러블을 해결할 의지도 기운도 남지 않은 채 아무 생각 없이 기계적으로 관계를 이어가다 이별을 맞게 됩니다. 놀라운 건 이별을 하고 나면 갑자기 어디서인가 에너지가 샘솟으며 '내가 좀 더 이해해 줄걸. 내 잘못이야.'라며 후회가 밀려들어 오고 사람에 따라 굉장한 에너지를 폭발하며 상대에게 간절히 매달리기도 합니다. 하지만 시간의 문제일 뿐 마지막엔 다들 '다음번엔 좀 더 잘해야지!' 하고 끝이 납니다.

혹시 뜨끔한 마음이 든다고 해서 부끄러워할 필요는 없습니다. 무라카미 하루키도 마라톤에 대해 이야기 하며 마지막에 이렇게 이야기했으니까요.

'아무리 경험이 쌓이고 나이가 들어도, 결국은

똑같은 일의 반복인 것이다.'

달리는 것도, 책을 쓰는 것도, 연애 하는 것도 결국엔 똑같은 루틴의 반복이라고 생각하면 조금 허무하게 느껴질 수도 있습니다.

하지만 처음에 뭐든 잘될 것만 같을 때, 너무 힘이 들어 짜증이 나고 화가 날 때, 기력이 방전되어 아무 생각이 없을 때, 좀 더 잘하지 못한 것이 후회스러울 때, 새로운 굳은 다짐을 할 때.

'내가 지금 느끼는 감정의 변화는 대개 긴 호흡의 어떤 일을 할 때 느끼는 루틴일 뿐이야.'라고 생각을 해본다면 어떤 긴 호흡의 일이라도 좀 더 현명하게 대처할 수 있지 않을까요?

입맛대로 연애할 순 없을까

1판 1쇄 발행 | 2020년 03월 03일

지은이 여성욱
편 집 김태은
그 림 백경희

발행인 정영욱 | **기 획** 정소연 | **교 정** 김태은
도서기획제작팀 김태은 정영주 정소연
디자인마케팅팀 김은지 백경희 김혜빈 | **영업팀** 정희목

펴낸곳 (주)부크럼
주 소 서울특별시 구로구 구로동 237 지하이시티 1813호
전 화 070-5138-9972~3 (도서기획제작팀)
이메일 editor@bookrum.co.kr
인스타그램 @bookrum.official
블로그 blog.naver.com/s2mfairy
포스트 post.naver.com/s2mfairy

제작처 (주) 예인미술

ISBN 979-11-6214-314-8